透析商業英語的語法與語感

長野格 著

林山 譯

~~ 三民書局

序

　　每次到大型書店去，都會震懾於英語教材的數量。覺得想提昇英文能力的外國人實在太辛苦了。從那麼多堆積如山的書當中，要想找出可以信任的書，真是光想就覺得不可思議。

　　從初次見到這本書原稿的那天開始，書都還沒正式出版呢，我個人私底下便開始大力地向朋友、學生及指導論文的研究生們作起口頭宣傳：「有一本書希望大家讀讀看，即將問世了喲」。或許是身為以英語為母語者特有的堅持吧，我對本書的第一眼印象便是，其中收錄的英文例句程度之順暢自然，讓我深感佩服。很明顯地，這些句子一看就知道不是特地為了出書而寫，而是摘錄自英語圈中的實際用例，這一點實在令我感到無不開懷。因為有些句子即使文法正確，但卻未必是一般的使用習慣，像這樣的現象，可以出現在任何一種語言中，英語自然也不例外。在這方面，由於本書中所收錄的句子都是極自然的例句，相信應該非常具有參考價值才是。

　　另外，長野先生在書中所揭露的「語法」，也捨棄了一般學院派的文法論述，改以自身豐富的經驗，配合上為了本書特地採用的歸納分析法，即一種以實際使用於英語圈的 business communication 為調查資料，所整理出的實用級「語法」。這種作法只須稍作調查即可達到不錯的成效，但令人意外的是，採取這種方式的書竟然少之又少。"this is practice, not theory" ——從每一頁散發出來的作者的這番用心，讓人深深感受到這本書的份量及說服力。

　　例如在介紹 "ask for" 與 "request" 的區別及語感時，作者不是公式化地僅以 "request" 比較 formal，"ask for" 語氣較和緩，如此簡單帶過而已，他同時提出了一項從近 900

封商業書信中得出的調查結果，亦即：當主詞是 "we" 時，使用 "ask for" 的情形占了絕大多數，但如果將主詞換成 "you"，則情況便逆轉，使用 "request" 的例子便成為壓倒性多數。至於為何有如此區分，作者也作了淺顯易懂的說明。「語感」這東西，向來難以掌握，但透過這樣誠懇仔細的介紹，想必學習者應該能受益不少。

最後我還想再補充一點——這是我在閱讀本書的 "loss" 與 "damage"、"wait for" 與 "await" 的對照時所感受到的，那就是在我們這些以英語為母語的人眼中看來，許多理所當然、不以為意的地方，其實對把英語當作外語學習的人而言，似乎有進一步說明的必要，而這一部份，剛好可以借重長野先生豐富的經驗詳加解說。

商業英語和一般英語在本質上沒有什麼差別，各位若能藉由本書學習到自然的語法及語感，進而加深對英語廣汎的理解，這是我這個以英語為母語的人所樂於見到的。

1991 年 9 月

明治大學副教授

Mark Petersen

前　言

　　儘管幾十年在企業界、學會裡，幾乎日日與英語為伍，但每天還是會不停地產生疑問，其中大多是有關語感的問題：「當英語的 native speaker 在這個句中使用這個字的時候，腦中究竟作何感覺，又有什麼反應呢？」像這樣反反覆覆不停地陷入沈思的情形，對我來說並不陌生，想來這也是我這 non-native speaker of English 至死方休的宿命吧！

　　在非英語環境中成長的我們，想和從小說英語的 native speaker 有著相同程度的語感，不用說當然是件不可能的事。然而這些語感在商務的執行上，卻扮演著非常微妙且重要的角色。換句話說，試著學習掌握語感確實有其必要性。但是，感覺這東西靠揮汗死記的效果不彰，純粹是自然習得的。例如，聽到英語罵人的三字經，知道意思但內心卻沒有反應，亦即既不覺得不雅，也沒有痛快的感覺，這是當你在聽到國語的三字經時，所不能想像的漠然反應。但如果換作是母語，即使是他人說的話，還是會產生無法待在那裡的羞愧感，這也就是母語的語感。

　　但是既然我們無法靠先天的潛移默化習得這樣的英語語感，那就只好退而求其次，用頭腦來記憶了。方法之一就是，「決定不用這個字（或者表現方式）！」不使用既有的詞語，是件很可惜的事。例如 cheap（便宜）由於帶有「品質不好」的語感，所以一般多認為少用為妙。但是，下述這個例句又如何呢？有一年聖誕節的時候，我在洛杉磯郊外販賣聖誕樹的賣場，看見垂幕上的文句：

We don't sell cheap trees.

We sell good trees cheap!!

cheap 在這裡用得真是巧妙，不是嗎？不過，這樣的字如果用得不好，也有可能招致無可挽回的後果。所以最保險的用

法還是能不用就不用，比較不會出差錯。本書的構想就是嘗試找出這類危險的字眼，貼上諸如「禁語」「危險語」「特別注意語」「安全語」等標籤，並在底下陳述解說，幫助讀者作識別。但是，實際動手做了之後才發現，要想明確區別出上述四種語性標籤，實在不是一個難字了得。就以前述的英語三字經為例，從語感上來說，跟國語的三字經到底一致與否，就是一個非常大的疑問。經過一再思量的結果，決定暫且只對「危險語」和「特別注意語」加以標註，若各方先進在參考說明內容的同時，發現本人有任何的誤解，至祈不吝多加指正。

上述的構想，一直以來雖不成形，但始終縈繞在我心頭，為本書的誕生帶來一線曙光的，應該歸功於早稻田大學篠田義明教授的莫大影響。老師偶然的一番教誨，完整的內容現在雖已不復記憶，但話說回來，或許上述的想法完全出自於老師的影響也說不定呢！想到此，三十年來受老師潛移默化的薰陶之深，此刻愈來愈能體會。

除了「語感」之外，對於學習英語的國人來說，還有一項難題，那就是「語法」。在本書中，也對這個問題作了處理。在藉助電腦作「語法」調查的同時，也讓我對其與「語感」的關係，有了一番新的認識。

例如，在調查請求回覆的實例中，wait for 的使用頻率在英美文獻中的出現次數為零，但在日本的文獻中卻是層出不窮。在這種情況下，什麼樣的表達方式可以取代 wait for，便放在「語法」層次來談；至於英語的 native speaker 為什麼在那樣的狀況下不使用 wait for？則是歸類到「語感」的範疇了。

儘管本人務求以資料實例，來處理商業英語的「語感」與「語法」，但是在不及 200 頁的書中，收錄的詞語到底有限；再加上資料收集、調查難免不足等，間或有些獨斷偏見

之處，這些亦祈各位先進不吝賜教指正。

　　另外在執筆之際，利用電腦作資料分析時，先是有本書編輯久田正晴先生的啟蒙，後來又獲得舊同事山田洋先生、現任同事原田龍二先生、佐藤一先生及當時服務於相模原工業高校的前田秀夫先生的珍貴建言和鼎力相助，各位對我這 55 歲才開始學電腦者的協助，在此謹致上無限的謝意。

　　進行這類型的研究，native speaker 的意見自然不可少。感謝綜覽本書原稿全文，並給予本人無上美言、甚至還為本書寫了篇「序」的明治大學 mark petersen 副教授；以及一起共事的 J.K. Buda 先生，在臨出國作研究的忙碌之際，還撥冗閱覽了本書的前半部分；當然還有忍受本人對於本書內容的胡言亂語，始終耐心傾聽的橫濱市立大學的舊同事 Charles Guyotte 先生、青山學院大學的秋山武清先生，以及同事田口孝夫先生，在此一併致上本人無限感激之情。

　　最後，深冀本書能為學習商業英語（不是只有 L/C、F.O.B. 等才叫做商業英語）的人們帶來一絲絲的靈感，甚或提供一丁點的參考也好，這都將是本人莫大的榮幸。

1991 年 10 月

　　　　　　　　　　　　　　　　　　　　長野　　格

目　　次

E

G

H

I

L

O

P

R

S

T

W

體例

1.引用文獻

對於本書中引用 2 次以上的文獻，在書中將以簡稱來替代，至於完整的書名，則列於本書之後的「參考書目」中。

2.例句的記號

在本書例句前加註的 (○) (×) (△) 符號，各代表著以下的意思：

(○) 正確。

(×) 不正確。

(△) 雖屬可行，但建議不要使用。

3.特殊符號

→特別注意語〔請特別注意語意的細微差異〕

→危險語〔使用不當，有不得體的危險〕

—A—

advice

名 (1)通知 (書)；(2)勸告

關於將 advice 解釋成與 information =「通知」同義一事，究竟是否妥當，一直以來就都爭議不斷。在商務上，其實也有作「通知」的用法。例如 shipping advice 就不能解釋作 (×)「裝船勸告」，或是 (×)「裝船建議」，而應該作「裝船通知」(出口商將裝船一事通知進口商)。至於「裝船勸告」、「裝船建議」則另外有一個類似的正式詞語：「裝運指令」，英文是 shipping instructions。相較之下，船公司向船上（船長）發出的裝船命令，即「裝運單」，則稱作 shipping order。不過整體來說，就使用頻率而言，名詞 (advice) 作「勸告，建議」之意的情形還是比動詞 (advise) 來得多許多。

→請參閱 advise 項。

advise

動 (1)通知；(2)勸告，建議

1. 語意

(1) 通知

advise 可不可以等同 inform =「通知」，其中的是是非非，很早以前就有爭議。經查證《LONGMAN 英語正用法辭典》(三省堂)，找到了這樣一句例句 'In his letter, my brother told（或作 informed；但是不能用 advised 代替）

me of his recent success in an important examination.' 所以很顯然地，advise 不等於 inform。

另外，在 Evans & Evans（當代美國用語辭典）中也提到：現今商業書信中，用 advise 替代 inform 的用法逐漸式微，這是一件值得慶幸的事。但是，事實又是如何呢？根據筆者實際對商業書信作了一番調查後，發現用 advise 表達「通知」意思的例子，其實仍相當多見。特別是在電報中，advise 更占壓倒性多數。歸納後大致得出兩項原因：①用作縮略時，ADV 較好用。②即所謂習慣的問題，在商務中，用 advise 早已行之有年，遠較其他動詞使用起來較自然亦無可厚非。換句話說就是，advise =「通知」已經具有一種「慣用語」的機能了。

⑵　勸告，建議

嚴格說來，將 advise 強記成「勸告」，甚至「忠告」，無異是自找麻煩。例如：We **advise** you to avail yourselves of this offer. 如果翻譯成 (×)「我們勸告你接受此報價」，這麼一個對待顧客的態度，實在有失恰當。上述情況的正確解釋，應該是與 recommend 同義。

2.　語法

用作⑴「通知」時，可用「advise + 人 + of + 事物」或者「advise +（人）+ (that) 子句（直述語氣）」。

　　*They **advised us of** his arrival in Tokyo.*

　　*They **advised us (that)** he will be in Tokyo soon.*

作⑵「勸告」的意思解時，有「advise + 人 + to 不定詞」、「advise +（〔代〕名詞所有格）+ -ing」、「advise + that 子句（假設語氣，或者與 should 連用）」的方法。

　　*They **advised us to order** the goods by January 10.*

*They **advised our ordering** the goods by January 10.*

*They **advised us that** the goods (should) be ordered by January 10.*

→請參閱 suggest 項。

agency

名 (1)代理行；代理商，代理人；(2)代理權，代理；(3)（政府機關的）局，署

1. 語意

作(1)「代理商，代理人」之意解釋時，可與 agent 互換，使用方式也一樣。但如果是作「代理行」，或是(2)的抽象含義，甚至與商務沒有直接關係的(3)的意義時，則只能用 agency，不可使用 agent。

→請參閱 agent 項。

2. 類義字

常見到的有 agent, distributor 等；詳細說明請參閱各項。

3. 可數不可數

agent 是可數名詞，但 agency 既是可數名詞，又是不可數名詞。指「代理行；代理商，代理人」等具體含意時，當然是可數名詞，沒有問題；抽象的「代理權」原則上屬於不可數名詞，但如果意指的是具體的「一個代理權」，實際上也有作可數名詞用的情形。

4. 接續

(1)　與動詞的接續

*Initially we will **give** you **an agency** covering the Kanto Area, but if sales are successful, we will extend your territory to the whole of Japan.*（我們將先給貴公司關東地區的代理權。銷售如果成功，再將你們的販售區域擴大到全日本。）

*We will **offer** you **an** exclusive **agency**.*（我們將提供貴公司獨家代理權。）

⑵　與形容詞（子句）的接續

*Your account had to be turned over to our **collection agency**.*（貴公司的帳款得交由本公司委託的代收銀行處理。）

*We are offering an **exclusive agency** which will mean that you will not have competition from our products in the area specified in the contract.*（我們將提供獨家代理權，即在契約中明記的地區內，貴公司將不會有任何來自本公司產品的競爭。）

*We are willing to give you a **nonexclusive agency** for a limited period of time.*（我們願給予貴公司非獨占性代理權為時一段期限。）

*We will not restrict the agent by requiring **sole agency**, as we have found that this limits the sales of both parties.*（我們不會以成為獨家代理商的要求來限制代理人，因為我們發現這限制到雙方的銷售。）

⑶　agency＋名詞

*With reference to your letter of January 10, 1989 regarding **agency arrangements** between our two banks...*（有關貴行於 1989 年 1 月 10 日來函所提，針對我們兩家銀行之間的通匯契約一事…）

agent

名 | 代理商，代理人

1. 語意

　費用及風險由委託人本人 (principal) 承擔，而僅居中代為處理交易等各項業務者，即為代理人。報酬由委託人支付一定的手續費，或曰佣金。

2. 類義字

　agency 和 agent 同樣作「代理商，代理人」的用例也不少。一般認為，就這點來說，兩者間幾乎沒有差異。但是如果翻開 *A Business Dictionary*, Prentice-Hall 一看，其中 agent 是這樣定義：'An individual who acts for a principal.'，而 agency 則是 'An entity that acts for a principal'。所以明顯地，根據以上的定義，當表示個人時，agent 比 agency 來得合適，後者可視為包含有機構單位的意思。不過大致上來說，這兩個字是可以視為同義字使用的。但是，如果要強調的是代辦單位，即「代理行」時，則必須用 agency。

　另外，agency 除了上述的意思之外，也可以用來表達「代理權，代理業」之類較為抽象的含意，但 agent 則無類似的抽象用法。

　distributor（經銷商）指的是自負盈虧進行交易的人，屬性和「代理人」有所不同。

→詳細說明請參閱 distributor 項。

3. 接續

(1)　與動詞的接續

*We have been **acting as a sole agent** for the ABC Company for these twenty years.*（我們成為 ABC 公司的獨家代理商迄今已經 20 年。）

*If you believe you have the resources to **become agents** for Singapore and feel you can develop this market, please get in touch with me as soon as possible.*（台端如自信有成為新加坡代理商的實力，且開拓當地市場的話，請儘速與我連絡。）

*We are **looking for an agent** who can represent us in Singapore.*（我們正在尋找可以代表本公司的新加坡代理人。）

*We **serve as an** export **agent** for the ABC Company.*（我們是 ABC 公司在新加坡的出口代理商。）

⑵　與形容詞（子句）的接續

*Your organization was recently recommended highly to me by Mr. Rodric Hammond as being **established agents** in Singapore.*（羅卓克・漢默德先生最近向本人大力推薦，稱讚貴公司為新加坡根基穩固的代理商。）

*Since we are the ABC's **export agent**, we are replying to you on their behalf.*（身為 ABC 公司的出口代理商，我們代他們給你作回覆。）

*We have handed the products to our **forwarding agents** this morning.*（今天上午我們已經交貨給合作的攬貨業者了。）

anticipate

動 預測

相對於 expect 語感中帶有「想當然耳」般的某種程度可信度，anticipate 對於事態發展的蛛絲馬跡，即可信度，則不是很高。

→詳細說明請參閱 expect 項。

a.s.a.p.;asap;A.S.A.P.;ASAP

副 儘快地，愈快愈好

這是 as soon as possible 的縮略。縮略語在一般書信中，原則上宜儘量避免使用，但是在電報或傳真中，為了節省通信費，多會寫成下述的句子：

PLS REPLY ASAP

用來表示 Please reply as soon as possible. （請儘早回覆）。

經查閱美國的略語字典 *Cassell's Dictionary of Abbreviations*, Cassell 及 *Everyman's Dictionary of Abbreviations*, Dent 兩本書，其中所標示的都是小寫字母加上省略符號的 a.s.a.p.，不過打電報的時候，最好不加省略符號，直接寫成 ASAP 似乎較佳。

發音時可以考慮一個字母一個字母地唸，讀成 [e ɛs e pi]；或是當成單字唸成 [ˈæsəp] 也可以。

ask

這個字另外還有「問，詢問」的意思，將留到 II 的部分再作陳述。

動 I 請求，拜託

1. 語意

與 request 同義，為謙和地表達「拜託」之意的詞語。

2. 類義字

比較 request 與 ask 兩個字：request 是 formal 且拘謹、生硬；ask 則語氣較柔和、柔軟。

在商用英語書信中，ask 與 request 算是經常出現（請參閱「3.語法」）的字彙；前面提到過 ask 的語感較柔和，因此下面的結論也算是有跡可循：

　　①當主詞是 we 時，多數用 ask (for)...。
　　②當主詞是 you 時，多數用 request。

也就是說，由於 We request...給人感覺語氣稍嫌嚴厲，所以一般偏好以 We ask (for)...取代；相反地，You ask (for)...則有對方居下風，有點央求我方的味道，所以這時改採 You request...會來得較好。

3. 語法

根據筆者調查了將近 900 封的商業書信，以 ask 與 request 作對照後，所得出的結果如下：

(1)「ask for + 受詞」	「request + 受詞」
7 例	34 例
We apologize for our mistake and **ask for** your **patience** and understanding.	We enclose **copies** of the technical information you **requested**.
(2)「ask + that 子句」	「request + that 子句」
1 例	6 例
He has **asked that** we go over several important points discussed in our last meeting.	We **request that** you remit the amount by January 15.

　　如同上述，在接續 suasive verbs（勸誘動詞）的子句中，使用動詞原形是目前的趨勢，在英國甚至有採用現在式的例子 (*CGEL* [16.32])。

(3)「ask + 受詞 + to 不定詞」	「request + 受詞 + to 不定詞」
36 例	0 例
We must **ask you to remit** the balance in full.（我們必須請你將尾款全數匯來。）	

　　可能(3)的句型，原本就讓人感到語氣生硬，在筆者的調查中，這種句型找不到使用 request 的例子。但相對地，使用語氣較柔和的 ask 的情形則有不少。不過，要求別人給予善意回應，語氣當然是愈客氣愈好，所以下述依客氣程度順序作排列的例句中，最後一句既不用 request 也不加 ask 的說

法，應該是最合用的。

We request you to place your order soon.
↓
We ask you to place your order soon.
↓
We would appreciate your placing an order soon.

(4)「ask + 受詞 + for + 受詞」	「request + 受詞 + for + 受詞」
1 例	0 例
I would like to **ask you for** a favor. （我想請你幫個忙。）	

附帶一提，as requested 或 as you requested 雖然很常見，但 as asked 和 as you asked 則沒有實際的用例可依循。
→請參閱 request 項。

動 ⅠⅠ問，詢問

1. 語法

常見句型如下：

(1)　　ask + 受詞

*If you have any **questions** to **ask**,...*

(2)　　ask about + 受詞

*In your letter of May 15, you **asked about marine insurance** for a shipment of...*（在貴方 5 月 15 日來信中問到，有關…出貨的海上保險～）

(3)　　ask + if (whether) 子句

*I am **asking if** the position I applied for is still open.*（我要問的是，本人應徵的職務是否仍有空缺？）

⑷　ask＋受詞＋if(whether) 子句

*Thank you for your letter of February 18 **asking us whether** we might be able to assist you in marketing your products in Japan.*（感謝你 2 月 18 日的來信，詢問我們是否能協助貴公司在日本的產品行銷。）

2.　類義字

類義字有 inquire，但語感較 ask 來得正式，而且在用法上，不能寫成上述⑴的句型：

（×）He inquired me a question.

另外，⑷的句型通常也不套用，而是作「inquire＋of＋受詞（人）」的句型。

*He inquired **of us** if we could assist them.*

as soon as possible

| 副 | 儘快地，儘速地 |

記得大概是在《百萬人的商業英語》日文雜誌上看到以下這則報導，但由於我忘了作記錄，所以到底是幾月號，以及作者是誰都記不得了，實在是很抱歉，在不清楚原文出處的情況下便直接引用，不過應該沒記錯才對。

「英美人即使聽到 Please ship our order *as soon as possible.* 的要求，可一點也不會感到驚慌。理由是 as soon as possible「（在可能的範圍內）儘快」在他們的感覺中，並不像我們所認為的那樣具有急迫性。這時，應該這麼說比較適當：Please ship our order by December 10, because we need the goods for our Christmas sale.」

不過話說回來，倒也不是一牽扯到商務，就非得要提出 specific （明確的）期限才算正確。措辭必須模稜兩可的情況，也經常可見。

不過，總歸一句話，由於 as soon as possible 語源是 *as soon as* it is *possible* for one to do...，所以一般認為緊急度不高的原因在此。

*Please have the new machine delivered here **as soon as possible**.* （請儘快將新機器送來。）

*We would like to hear from you **as soon as possible**.*

→有關緊急度的詳細解說，請參閱 immediately 項。

await

動 等待，等候

1. 頻率

表示「等候回音」之意時，經常見到的用法是：We **await** your reply. 或者 We **are awaiting** an early reply.。不過，await 一般在字典中視為 formal 用字，語感拘謹，尤其是在美國，有避免使用的傾向。根據筆者的調查，這個字在英國的 *English Commercial Practice and Correspondence,* Longmans 中相當常見，但在美國的 *Communicating in Business*, Houghton Mifflin 中，則找不到它的蹤影。

2. 類義字

很多字典都將 await 與 wait for 視為同義，但到底還是有些微的差異。例如在 The Random House Dictionary 中，相較於 wait for 的同義字項中列出了 linger, remain, abide, delay 之類的負面字眼，但在 await 的同義字一項，所舉出的卻是 expect。無怪乎在英美的文獻中，找不到以下的例子：

    (△) We wait for your reply.

    (△) We are waiting for your reply.

但卻可見到這樣的句子：

    (○) We await your reply. (Evans & Evans)

    (○) I shall await your answer with the greatest eagerness. (E. Partridge, *Usage and Abusage*, Hamish Hamilton)

→詳細說明請參閱 wait for 項。

–B–

booklet

名　小冊子

這個字在 *Cobuild* 中是這麼定義的：'A **booklet** is a book that has a small number of pages and a papercover and gives information about something.'（一本頁數少、有紙封面、提供某種信息的冊子），同義字有 pamphlet。另外，在同一本字典中，你也可以在 brochure 項裡，找到以下的字義：'A **brochure** is a booklet with pictures that gives you information about a product or company or that advertises something.'（brochure 乃是一本有圖片的小冊子，提供你關於產品或公司情報，或是為某項事務作廣告用。）

由此看來，在談到與公司或者與產品相關的小冊子，即廣告資料時，brochure 的定義顯然較其他詞語來得 specific。可能也就是這個因素，根據筆者的調查，商務中用到 booklet 或者 pamphlet 的例子並不多見，倒是經常可以看到 brochure 的用法。

→請參閱 brochure 項。

brochure

名　小冊子

1.　由來

這個字原本是法語，據說在十九世紀時被英語吸收，算是比較新的英文單字，至於像今日一樣頻繁地使用在商務上，

則是更後來的事。原法語的含意是 stitching（用線縫合）。

2. 語意

基本的解釋是 'A small pamphlet or booklet' *(AHD)*。根據在「3. 類義字」項中陳述的理由，brochure 在商務上使用到的機率非常高。筆者調查了約 900 封商業書信，其中，相對於 pamphlet 及 booklet 一個例子都沒有的情形，brochure 卻出現了 11 例之多，原因應該與前面提到的「有關企業或其產品的小冊子」時，brochure 被認為是意義較為 specific 的用字不無關係吧。

有關 *Cobuild* 中對於 brochure 的定義，請參閱 booklet 項。

3. 類義字

booklet 雖然可說幾乎與 brochure 同義，但如前面提到的，在商務中很少見到。這跟 brochure 是個新字（相較之下），使用者感覺如此程度較高不無關係；另外一個原因則可能是 booklet 由於定義廣，因此在用作介紹公司或公司產品的小冊子之意時，語意不如 brochure 來得 specific 的緣故。

catalog 指的是商品目錄，定義較 brochure 等來得狹猛；也許可以這麼說：（厚頁數的）catalog 是 brochure，但 brochure 則未必是 catalog。

leaflet 是指「傳單」。雖然在 *Cobuild* 中，載明了不限定只有一張，但筆者的建議是，最好還是將之視為僅單張的印刷品較妥。

literature 泛指「印刷品」，用法如 sales literature。

根據 H.W. Fowler, *A Dictionary of Modern English Usage,* Oxford 一書的解釋，在法語中，pamphlet 主要是用

於誹謗性的文件。至於英語中的 pamphlet，則除了我們平常知道的「宣傳小冊子」含意之外，有時也用於表達「討論政治、神學等為主的相關議題」的小冊子之意。可能也正是這個原因，所以商務上並不怎麼愛使用 pamphlet 這個字。在上述的字典中，結論是這麼說的：

> ...because of the special sense of *pamphlet*, *brochure* has now found a useful place in our language to denote a commercial pamphlet,...（由於 pamphlet 特殊的語感，這使得 brochure 在表示商業上的小冊子時，已經在英語中找到了它有用的位置…）

prospectus 也有人作「公司簡介」的定義使用，但感覺略嫌艱澀了些。

4. 發音

英式發音一般發成 [ˈbroʃə]，重音在前，但在美國則是作 [broˈʃjʊr]，重音通常置於最後音節。

5. 接續

> *Please send us a copy of your **corporate brochure**, current annual report, and any other available information describing your company.*（請將貴公司簡介、最新年報各一份，以及任何有關貴公司的資料寄給我們。）

> *We enclose a catalog containing illustrations of a complete range of ABC's products, together with a copy of their **company brochure**.*（茲附上印有 ABC 公司所有產品圖片的目錄，以及該公司簡介各一份。）

> *We are enclosing additional **product brochures** and technical specifications which I hope will be of interest to you.*（另行附上產品簡介及技術說明書，希望貴方會感興

趣。)

*We enclose a **brochure describing** ABC's Minivise.*（茲
附上 ABC 公司生產的迷你虎頭鉗簡介一份。）

by return

| 副 | 速回覆，立刻回 (函) |

有些人認為「回信當然是立刻回，特地使用 by return 之類
的詞語強調，似乎太過多此一舉」。但事實上，下面的例句
在實際的使用中並不陌生。

*Kindly inform us **by return** whether you can book the
order.*（請立刻回覆我們，你們是否接受這份訂單。）

至於回信時該採用什麼方式較合適呢？原則上，對方如果
寫信來，就寫信回覆，如果是電報的話，直接以電報回覆即
可。不過，如果光只寫 by return，到底是希望對方採用什
麼方式，交待似乎不明確，因此，當希望是以信件方式回覆
時，可以考慮使用 by return mail（主要用於美國），或是 by
return of post（主要用於英國）；希望用電報連絡時，則可
以用 by return telex。

最後附帶一提，關於 by return 的使用，有一說認為是期
待對方能於 24 小時內給予回音。

→有關緊急度的詳細解說，請參閱 immediately 項。

—C—

catalog

名 (商品) 目錄，型錄

1. 語意

將商品資料等作成一覽表，以便於瀏覽的型式，即為 catalog.

2. 拼法

在美國通常拼成 catalog，在英國則是 catalogue。

3. 例句

*We have enclosed a **product catalog** for your reference.*
（茲附上一份商品目錄供貴方參考。）

*Enclosed are our **Minivise catalog**, price list, and terms of payment.* （茲附上本公司迷你虎頭鉗的目錄、價目表及付款條件。）

*All items listed in our **manufacturer's catalog** are in stock.* （在我們廠商目錄中列記的所有商品，皆有庫存。）

check

商務上，凡遇到這個字作名詞用時，幾乎都是作以下兩種含意：「Ⅰ支票，Ⅱ檢查，查核」；接下來筆者亦將分成這兩項加以說明。（當名詞用時，作Ⅱ「檢查，查核」語意用的頻率遠低於Ⅰ「支票」；但是當作動詞用時，Ⅱ「做檢查」的頻率則大大地高過「開支票」這個動詞。）

C

1. 語意

代替現金用於支付款項使用的票據，當開票人的存戶餘額不足時，有可能無法兌現。

2. 拼法

美國為 check，英國為 cheque，不但幾乎所有的字典都這麼標示，實際上的情形也是如此。根據筆者調查的商業書信的資料，美國及日本的文獻裡一個 cheque 的用例也沒有；相反地，英國的文獻找得到的卻幾乎都是 cheque，我們一般常見的 check 只找到兩例而已。

不過，如果你常旅行，可能會發現有些美國的大銀行所發行的旅行支票有時亦會採用 cheque 的拼法，這時的用意除了是想標榜本身格調外，不作他想。

3. 接續

(1) 與動詞的接續

*Your **check** still hasn't **arrived**.*（貴方的支票至今尚未收到。）

*We have **attached a check** to cover the cost of this shipment.*（茲附上支付運費的支票一張。）

*We have **enclosed a check** for $30,000.*（茲附上支票美金三萬元。）

*When can we **expect your check**?*（何時可以收到貴方的支票？）

*Please **get a check off** to us right away.*（請即刻將支票寄來。）

*Please **let us have your check** right away.*（請即刻將支

票交給我們。）

*We must **have your check in our hands** within eight days.*（請在八日內務必將支票送交我們。）

*We shall be **looking out for your cheque**.*（敬待貴公司的支票。）

***Mail the check** to...*（請將支票寄至…）

*We know how difficult it is to go over every invoice and **make out a cheque** for it promptly every month.*（我們了解每個月要查核每筆發票，即時開出支票是一件不容易的事情。）

*Please **put a check in the mail** right away.*

*We realize you are not purposely withholding payment, but would greatly appreciate your **putting a cheque in the post** to us today.*（我們了解你不是故意拖款，但如果你能在今天寄出支票，我們會非常感激。）

*Your balance is now a little overdue and we would like you to **send us a check** as soon as possible.*（貴公司的尾款有些逾期，我們希望你能儘早寄支票過來。）

*Please sit right away and **write out a cheque** for ¥ 320,000.*（請立刻坐在桌前，開張 32 萬日幣的支票。）

⑵　與介系詞的接續

*Please let me know if I could settle future accounts on a quarterly basis with payments by foreign exchange banker's **check against** statements.*（今後結賬的方式，請問我能否分成 4 季，每季以外匯銀行支票來支付帳單？）

*Thank you for your **cheque for** the sum of £ 2,300.*（謝謝你一筆總額 2,300 英磅的支票。）

*Many thanks for your **cheque in the amount of** £ 2,300.*（感謝你票額 2,300 英磅的支票。）

〔注〕由於「a check for the sum of 金額」和「a check in the amount of 金額」之類的表現令人感到冗長，「a check for 金額」的說法便取而代之地經常被使用。

名 II檢查，查核

check 作名詞用時，很少作這個意思。即使是在筆者所調查的商業書信中，勉強也只找到以下這一例而已。

*A careful **check** shows that we have no record of ever having employed him.*（經過詳細的查核顯示，我們沒有雇用過他的記錄。）

不過，這個意思當作動詞表現時，實際的用例便會變多了起來，而且還是非常多。當然，這時不管英式用法還是美式用法，只能拼成 check，並沒有 cheque 的拼法。

動 (1)開支票；(2)檢查，查證，核對；(3)詢問

在商業上，check 作動詞用時，幾乎都是表示上述(2)「檢查，查證，核對」的含意，接下來也將以(2)為焦點，詳加敘述。（關於(3)「詢問」的用法，則留在最後簡單加以介紹。）

1. 語意

與下列類義字項中所例舉的其他詞語相比，這個字的語感最輕鬆，適合用於不想將事態擴大的時候。

2. 類義字

在這裡可以舉出的有 go over, look into, examine, investigate, inspect, survey 等，而且各有其特徵。

go over 為「仔細檢查」的意思，如同 over 所表達的意思（編按：from beginning to end with repetition...[*The Oxford Dictionary For The Business World*]）一樣，經常用於檢查做過的事是否正確。在《GENIUS》中，有以下的例子：

go over the work he has done（仔細檢查他所完成的工作）

look into 是「詳細調查」的意思，很接近 investigate 的語意，但是語氣較 investigate 來得輕一些。在筆者所收集的商業書信資料中，幾乎不常見，以下是其中一例。

*Please **look into** the matter at your end and send us the results of your investigation.*（請台端詳查此事，並將調查的結果寄給我們。）

examine 不一定是為了找出不好的事端才作檢查，它帶點「審視」的意涵，observe（觀察）的意味很濃，就這點來說，語意並不怎麼嚴謹，是表示「檢查」的一般用語，和 check 一樣常用於取代 investigate 或 inspect。而且由於 observe 的語感強烈的關係，接續的受詞很少使用抽象的字眼，所以下文（某商用英語教科書）中的 examine 便顯得有些不適切，正確用法應該改成 look into 或者 consider 比較適當。

On receipt of the above details we shall contact our prospective customers and *examine* the possibilities of our doing business together for our mutual benefit.

investigate 主要是針對已經發生的事，為了「查明」何以會發生等所作的調查，在這一點，與帶有事前「預防」意味

的 inspect 不同。

inspect 主要是「審查」有沒有問題。如上所述，語感中含有一副防範未然作檢查的意味，予人 bureaucratic（官樣文章的）印象，所以一般在使用時，一定要小心。

survey 通常是用在調查輿論之類的「趨勢調查」，或是「鑑定，調查」損害程度等用途，這一點和上述的其他詞語有些不同。

3. 接續

⑴ 與名詞的接續

*Please send down an engineer who will thoroughly **check the boiler** and make the necessary adjustments so that it will function properly.*（請派遣一名技師前來徹底檢查鍋爐，並做些必要調整使它可以正常運作。）

*Please **check these documents** carefully.*（請慎重核對這些單據。）

*I have **checked my calendar** and found that I am already committed to attend another event that day.*（我查了行事曆後發現，那一天我已經答應要出席另一項活動。）

*We need sufficient time for unpacking and **checking the machines** before the show.*（在展示會之前，我們需要有充分的時間卸貨，以及檢查機器。）

*We would appreciate it if you would carefully **check the situation** and take steps to ensure that this problem does not recur.*（貴方若能詳細查證事況，且採取措施讓這種問題不再發生，我們會十分感激。）

⑵ 與子句的接續

*Please ask them to **check** that they followed our installa-*

tion instructions.（請要求他們確認是否遵照了本公司的安裝指示。）

⑶　其他

*Won't you kindly **check** right away **to see** what is causing the delay?*（能否請你立刻查證延誤的原因呢？）

*Please **check and see** why a payment hasn't been sent for your overdue balance.*（請查證貴公司逾期欠款未付的原因。）

在作⑶「詢問」之意時，可以考慮用 check with，例如以下的情形。

*Please **check with** my former employers.*（請詢問我的前雇主。）

*If you would like to **check with** your applicant to determine whether he used a different name while working here, we would be glad to review our records a second time.*（如果貴方願意向該求職者詢問，確定他在本處工作時使用的是否是不同的名字，我們很樂意重新調閱一次記錄。）

communicate

動　通訊，連絡

這個字一般多認為是現代社會具代表性的流行語，但出乎人意料地，在實際商務通訊中並不常使用。理由大致有以下幾項。

　①11 個字母的冗長語。（在商務中，簡潔勝過一切。）

　② 語意廣汎，導致通訊方式不明確。（具體地表達乃商務的基本之一。）

　　關於②的泛用性，後頭在 contact 項中亦會提到，並非完全不適合商務使用。雖然說基本上，使用 write, telex, telephone 等說出具體通訊方式的動詞仍受青睞，但在某些不適合明確指出通訊方式的情況下，communicate 這時仍可派上用場，只不過這時多數人還是偏好使用 contact 之類的簡短詞語。

→請參閱 contact 項。

communication

名　通訊，連絡

　　與動詞的 communicate 相同，在現實的商務通訊中，這個字也不常會用到。理由除了 13 個字母的單字實在冗長之外，如同在 communicate 項中所述，語意中通訊方式的不明確性也是個大問題。冗長再加上語意含混的特徵，這使得 communication 可說是個較受學術界青睞的詞語。

　　communication(s) theory（通訊理論）

　　communications satellite（通訊衛星）

→請參閱 communicate 項。

consider ⚠

動　⑴考慮，評估；⑵認為，視為；⑶高度評價

1.　語意

　　這個字基本上可以歸納成一個意思，但從所搭配的上下文脈絡，或是句型來看，仍可找出些微差異。雖然要將它的語意清楚地劃分區隔並非易事，筆者在此勉強大略分為以上三

項。

(1)　考慮，評估

We are considering making another offer.（我們正在考慮重新報價。）──以上這句話意思究竟是打算要報價了？幾乎決定要報價？還是僅止於考慮而已？

英文的 consider 意思是指 'to think about in order to decide' (*World Book Dictionary*)，在同一本字典中的例句也寫著 'Before you dash off an answer, take time to consider the problem.'──語意中含有很強的保留意味。意即，與其說是思考是否要採取行動了（編按：即是否是好時機），毋寧更接近思考要做還是不做。換言之，上句的意思其實相當於：We are considering if we should make another offer.，為一種消極的表現方式。相對之下，plan 則是 'to think out beforehand how (something) is to be made or done; deside on methods and materials' (*World Book Dictionary*)，著重的是如何做，即做的方法上。

至於另外一句類似的 We are **thinking of** making...，語意雖然較 consider 積極些，但說穿了，兩者其實相差無幾。

換句話說，如果已經幾乎確定要報價，想向對方表達我方積極的態度時，正確的用法應該是用：We are **planning to make** another offer.; We **would like to make** another offer. 甚或是 We **are making** another offer. 等。

(2)　認為，視為

表達「將 A 視為 B」時的句型如下。

　①consider A to be B（B 為名詞或形容詞）

　②consider A B（同上）

consider A as B 的句型也有(2)的含意，不過在下文中是作(1)「評估，考慮」的意思解釋。

*We would appreciate your **considering** us **as** a supplier.*
（如能蒙貴公司考慮成為你們的供應商，將是我們的榮幸。）

⑶　　高度評價

AHD 對這項釋義的解釋是 'To regard highly'、'To esteem'，但是在商務上會這樣運用到的機會極少。

2.　語法

⑴　　用作「評估，考慮」的意思時，有以下幾種句型：

a) consider＋受詞（名詞）

　①當受詞為事物時

*Thank you very much for **considering this application**.*
（非常感謝你考慮這件申請案。）

*Please **consider the documents** and let us have your decision.*（請評估這份文件，然後告訴我們你的決定。）

*We hope you will **consider the matter** with Mr. Takahashi, your export manager.*（這件案子希望你能與貴公司的出口部經理高橋先生共同評估。）

*We suggest you **consider** improved **methods** of transportation.*（我們建議你考慮改善運送的方式。）

*Thank you for the opportunity to **consider** your fine **offer**.*（謝謝你給我們機會考慮貴方優渥的報價。）

*Receipt of your reply by the end of November will ensure that your **opinions** are **considered**.*（如果在 11 月月底前能收到貴方回覆，我們保證會將你的意見列入考慮。）

*We are now **considering the possibility** of entering the Canadian market.*（我們目前正考慮進軍加拿大市場的可能性。）

*We are now **considering** the **potential** of the Australian* *market.*（我們正在評估澳洲市場的潛力。）

*Thank you for **considering** this **request**.*（謝謝你考慮這項請求。）

*Thank you for giving us the opportunity to **consider** your **résumé** in our search for a sales representative.*（謝謝你在本公司徵求業務代表之際，給我們機會考慮你的履歷表。）

② 當受詞是人時

*Thank you again for **considering us** and we look forward to hearing from you soon.*（再次感謝你將我們列入考慮，希望很快收到你的消息。）

③ 當受詞是動名詞時

*Have you **considered marketing** your product line in japan or **having** a distributor here?*（你考慮過在日本銷售貴公司的產品，或在〔日本〕本地設置經銷商嗎？）

*We have been seriously **considering expanding** into the European market, but at present have no representation there.*（我們認真考慮過進軍歐洲市場，但目前在當地並沒有代理商。）

consider 後面接續的受詞是動名詞，不可以接續 to 不定詞。

(×) We are considering **to make** a new offer.

(○) We are considering **making** a new offer.

→請參閱 appreciate 項。

b) consider＋受詞＋as...

① 當受詞是事物（場所）時

*At present, we are seriously **considering Australia as** a* *potential new market.*（目前我們正就澳洲是否為一個有潛力的新興市場，審慎評估中。）

　　② 當受詞是人時
*I hope you will **consider me as** a candidate for the position.*（希望你能夠考慮我成為那個職務的候選人。）

*If you are open to **considering us** as authorized distributors, one of our representatives would be very interested in meeting with you to discuss a dealership in Japan.*（如果貴方願意考慮我們成為指定經銷商，本公司的一名代表非常樂意與貴公司會晤，洽談在日本的經銷權。）

c) consider ＋ 受詞 ＋ for...
　　① 當受詞是事物時
*Your prompt attention to this request will enable us to **consider your facility for** this conference.*（你對此項請求的即時反應，關係到我們是否考慮利用貴方設施作為本次的會議場。）

　　② 當受詞是人時
*Although to the best of my knowledge you are not now actively recruiting for personnel in the sales area, I am writing in hopes of being **considered for** a future position.*（雖然據我所知，貴公司目前並不積極徵求業務人員，寫這封信是希望將來有缺時，能夠考慮本人。）

*We hope that as economic conditions improve we will be able to **consider you for** the position.*（我們希望當經濟狀況好轉時，此職務的出缺能將你列入考慮。）

⑵　作「認為，視為」意思時的句型如下。

a) consider＋受詞＋受格補語

① 當受格補語是名詞時

I consider Mr. Rodric Hammond an outstanding employee we would rehire without hesitation anytime a suitable position existed.（我認為羅卓克‧漢默德先生是位傑出的員工，只要有合適的職務，我們會毫不遲疑再次雇用。）

Please consider this my resignation from my position as Sales Manager.（請從我身為營業經理的立場看待本人的辭呈。）

② 當受格補語是形容詞時

If you are agreeable, you may consider these arrangements effective from your next order.（如果你贊成，可以當這些協議從貴方下張訂單開始適用。）

b) consider＋受詞＋to 不定詞

I am interested in obtaining any data you would consider to be of interest to our company.（我樂意獲得任何你認為本公司會感興趣的資料。）

⑶ 　作「（高度）評價」的定義使用時

I have received your request to speak to the Japan Association of Computer Scientists, and I was very pleased and flattered to have been considered.（茲收到貴方之邀在日本電腦科學家協會上演講，承蒙如此高度評價，本人深感欣喜且備覺恭維。）

C contact

動 (與人) 接觸，連絡

1. 語意

這個字原本是名詞，表示物體、身體互相的接觸，後來漸漸用作「連絡」的意思，甚至還有人引申作「會面」使用。當初這些新的語意開始出現時，曾經一度受到批評，但現在已是相當通行的用法了。

2. 類義字

反對將 contact 當作「連絡」意思使用的人，推薦了 get in touch with 作為替代，但經過筆者調查近 900 封商業書信的結果，實際的使用情形如下。

contact（動詞）　　66 例
get in touch with　　2 例

所以追根究底，contact 還是受到大多數人青睞，理由大概有以下兩項：

① contact 比較簡短。

② 與 get in touch with 相較，contact 比較 formal，適合運用在文章上。

一般認為 communicate 是 contact 的類義字，經查證 *The Oxford English Dictionary*，其中關於 contact 的定義為 'to begin communication or personal dealings with'。換句話說，先是有（單向的）contact，接著稍後的相互 communication 才成立。亦即，相對於 communication 著重於雙向的「相互通訊」，contact 多半強調單向的「接觸」意味。不過也不是絕對如此，有時純粹視語感的程度差異，如同下例所

示，communication 用於單向的連絡情形也不少。

*We have **communicated** your request to Mr. Smith.*

根據筆者的調查，communicate 的使用頻率非常低。不過雖然商務往來的基本信念向來忌諱含混不清，推崇 specific，但也不是經常如此，模糊的態度有時也有必要，在這種情況下 contact, get in touch with, communicate 等語意具泛用性的詞語便可派上用場。

特別是，如果擔心向對方說 Please write to us... 或者 Please let us know by facsimile...，由於聽來有限制對方行動的意味，怕會顯得失禮（畢竟要用何種方式連絡的選擇權應該在對方），因此，除非希望對方無論如何一定要用特定的連絡方式之外，使用 contact 之類將連絡方法的選擇權交由對方決定的說法，毋寧較不失為上策。

另外，一般在表達「寫信」這個意思時，多半是用到 write。詳細說明請參閱 write 項。

→請參閱 communicate 項。

3. 語法

contact 作「連絡」的意思用時，此時的受詞是被連絡的對象（人物或者組織）。

We contacted the service department.

與 communicate 不同，連絡的內容不可以作受詞。

(○) We **communicated your answer** to our Houston office.

(×) We **contacted your answer**...

另外，要將 contact 作動詞用時，不可以寫成「contact with + 人」，而要用「contact + 人」。但如果是作名詞使用的話，如 We made contact **with** him. 則須加上 with。

(×) We contacted **with** him.

(○) We contacted him.

〔注〕在 *The Oxford English Dictionary* 中有個 1876 年的
例子 'So that each side of the drift will have *contacted
with* each side of the hole' ——像這樣加上 with 的舊
慣用法，不曉得是不是隨著 contact 被廣汎用來表達
寫信、電報等連絡方式之後，with 便顯得多餘起
來？當然這僅是筆者的猜測而已。

4.　發音

有 [ˈkɑntækt] 與 [kənˈtækt] 兩種發音方式，但不管是當作
名詞或作動詞用時，大多是將重音放在前面，讀成
[ˈkɑntækt]。

名　接觸，連絡

在商務上運用到 contact 的例子絕大多數是作動詞使用，
至於名詞形，則可找到以下的例子：

*As an expanding company, we are always interested in
making cantact with skilled and talented professionals in
our business.*（作為一間擴展中的公司，對於與本行業有
技術、才幹的專家們接觸，一直是我們感興趣的事。）

*I hope we'll **remain in close contact**.*（希望今後我們繼
續密切連絡。）

–D–

damage

| 名 | 損傷，損害，毀損，損失 |

1. 語意

⑴　指物品受到損傷。不適用於人或動物受傷時。

　　(×) He was damaged... 或 (×) He sustained damage... 的說法是錯誤的，正確的說法為 He was injured.。

　　接下來請你猜猜 mental damage 是甚麼意思。不是 (×)「精神打擊」，而是因為生病或某些因素，使得精神構造變得異常；換句話說，mental damage 在這裡是把 mental 物化成與人、動物等感性的主體相異的物體。類似的用法還有 damage to the brain，或是 brain damage，二者皆是指「腦機能異常」。

⑵　（關係、評價等）受到傷害，受損

　　通常是這麼運用的：damage to the relationship between the two companies 或者 damage to his reputation。

⑶　損失（額）

　　起因於上述⑴、⑵之類的損壞結果而導致的金錢損失。

⑷　（加上 -s）損害賠償金

2. 類義字

　　有人認為 loss 與 damage 是類義字，甚或同義字，在此我想來作個比較。首先，必須釐清一下「1.語意」項中所舉的各個意思，不然可能會造成 damage 與 loss 意思相近（或者同義）的誤解，或即使不造成誤解，也可能無法區分清楚，只是一知半解而已的窘境。

例如，閱讀以下的解說，難道不會引起 damage 與 loss 同義，彼此可 interchangeable 的誤解嗎？

「……如果再加上貨物損失的賠償請求 (Claim on Loss and or Damage of Goods)，實際比例占了近 75%。

損害 (Damage) 亦說成損失 (Loss)，在英文中常合稱為 Loss and Damage。」(《貿易索賠的研究（上）》〔通商產業調查會〕p.155)

damage 基本上是指部份損毀，貨物還殘留著；loss 則是損失，不見了，這一點從雙方後面接續的介系詞特性，不難理解。即 damage **to** machine; loss **of** the machine。

再進一步作分析，如果 loss of the **machine** 意指具體「物」的 loss，即「物」完全沒了，那麼 loss of income 又是甚麼情形呢？這時可以是指收入全部泡湯，也可以指 income 縮水。亦即，loss 有時也用於指部分消失的情況。但是基本上，loss 仍是指物品或者事情全面化為烏有的意思。上述引文中的 Loss and or Damage of Goods（正確的說法應為 Loss of and or Damage to Goods）指的也是「貨物的損失，以及、或者損害」(中村弘《貿易業務論》〔東洋經濟新報社〕p.247)，loss 與 damage 之間並不能畫上等號。

關於這一點，浜谷源藏在《貨物的損害與索賠》(同文館) 中，是這麼記載的 (原書 p.261)：

「1.所謂損失在這裡與英文的 loss 相當，舉凡船務代理行無法順利將運送品送交委託人的一切情況皆稱之，並不限於運送品物理上消失的情況（小町谷操三，海商法要義，中卷一，p. 334)。

2.損害 (Damage) 則是指讓運送品發生價值降低的情事（小町谷，同前書，p. 335)。」

但是，以上的情形一旦變成「金錢」的時候，情況就有些

改變了。在 *LDCE* 中，將 damage 作了以下的定義。

the process of spoiling the condition or quality of
something and the harm or loss that results

也就是說，不僅有「受損害」的意思，也表示著「受損後的結果」。用在具體物上，這意味著損壞後的狀態，但當用在金錢上時，則有損失（額）的含意。因此當損失了 500 美元時，說成 damage of 500 dollars，或是 loss of 500 dollars，意思大致是相同的。在這個定義下，若說 damage 與 loss 是同義字，應該沒有什麼問題吧。因為 loss 除了可以解釋作事物完全泡湯、損失之外，（部分）金錢上的損失也包含在內。

The *damage incurred* is estimated at ＄1,000.（《英和貿易產業辭典》研究社）

如上所述，damage 與 loss 在表達「金錢上的損失」時，意思可說大致相同。不過，凡事皆有例外，這兩個字並非每次都能 interchangeable。

接下來筆者就以例句來探討上述的說明，由於是特地為了作驗証臨時造的句子，句型難免有些牽強之處，這點請多諒解。

The machine sustained **damage** to the extent that it can
no longer serve any purpose. The factory must be closed
for a few weeks because of the **loss** of the machine.

首先，第一句的 damage 不能代換成 loss。第三行的 loss 雖然可以用 damage 替換，但用 loss 毋寧較能傳達出「完全泡湯、不能使用了」的含意。可見即使物品還殘存的情況下，也是可以採用 loss 的，只不過，如果事前沒有弄清楚情況是「完全不能用」而非「不見」，有可能會被誤解成「損失」，因此在使用時要特別注意。

如果要將最後一句中的 loss 替換成 damage，記得要寫成 damage **to** the machine。

再舉其他的例子看看：

The taperecorder was **damaged** ❶ in transit. The handle was broken to the extent that it can no longer be used. It was the **loss** ❷ of the handle. If the taperecorder were in perfect condition, it would be worth 300 dollars; but because of the **damage** ❸, it is now worth only 250 dollars. It is a **loss** ❹ of 50 dollars to us.

❶ 的 damage 若改成 lost，則意思會變成收錄音機遺失了，使得下文無法接續。

❷ 指的雖是 handle 的 damage，但從已失去裝在收錄音機上的意義（無法繼續使用）來看，可以說與報銷無異，所以在這裡採用 loss 比較適當。

❸ 雖然可以換成 loss，但談論的主題也會因此變成 handle，由於這句真正的主題是 taperecorder，所以此處用 damage 顯然較為合宜。若想改用 loss，最好是完整地說出 loss of the handle。

❹ 在這裡改不改成 damage，差異大致上應該不大。

injury, hurt, wound 等字彙通常用在人類或者動物身上，不適用於物品的損壞，因此在商務上很少見。hurt 是「傷害，使受損」的意思，可以用於以下的情形：

*It never **hurts** to have a little friendly support from the outside.*（接受一些來自外部的善意援助，絕對是無傷的。）

至於 harm，由於語感側重在行為者的意圖、精神性方面，所以在商務上可以說完全沒有代換 damage 的實例。

3. 語法

(1)　要表示「～所受到的 damage」時，用法是 damage **to** ～，這點請注意。

　　*The **damage to** the machine is not such that would be caused by proper and normal use.*（機器上的這個毀損，不是適當及正常的使用可能引起的。）

　　但是，後面如果接續的是損失金額時，則作 damage of $500。

(2)　「給…帶來（造成）damage」的用法，句中的動詞可以用 cause, do 等，說成 cause damage to... 或 do damage to...。

　　*We must file a claim for compensation for the damage **caused to** our equipment **by** rough handling.*（對於不當使用造成我們器材的損壞，我們不得不請求索賠。）

(3)　表達「遭受，蒙受 damage」之意的動詞，可使用 suffer, sustain 等，說成 **suffer** damage, **sustain** damage。

　　*I heard about **the damage** that your facilities **sustained** recently.*（我聽說貴公司的設施最近受到了毀損。）

　　商務用法中，一般認為 sustain 較 suffer 常用。

(4)　表示「發生 damage」意思的動詞，經常使用的是 occur，可說成 **The damage occured...**。

　　*The **damage** could only have **occurred** during transport.*（這種毀損只可能發生在運送途中。）

(5)　與 damage 接續的形容詞

　　像是 **great** damage, **serious** damage, **severe** damage, **light** damage, **slight** damage 等。

→請參閱 loss 項。

D

動　毀損，損害

1. 語意
通常作以下含意使用。

(1)　毀損物品

*The vessel **was seriously damaged**.*

(2)　損害（信用等）

*As such a step would **damage** your credit standing, we sincerely hope you will send us your check immediately.*
（如此的措施將損及貴公司的信譽，我們衷心希望你立即將支票寄給我們。）

2. 語法
(1)　多半用被動語態

例如機器遭到火損，同樣一句話 The fire damaged the machine. 的使用頻率就不如被動語態的 The machine was damaged by the fire. 來得高，這主要是因為我們關心的焦點通常先是何物受損，然後才是損壞的原因，主詞很自然地便放在受損物上。

*The vessel **was seriously damaged**.*（該船受到嚴重的毀損。）

(2)　接續 be damaged 的介系詞
首先請看以下例句。

*It is our policy to attempt to satisfy each customer by replacing goods that **are damaged by** ordinary wear and* *tear or are defective in their manufacture.*（對於正常耗損，或是在製造過程中就有瑕疵的商品，我們的方針是給予更換，以求滿足每一位顧客。）

*We are very sorry to hear that your factory **was damaged in** the recent flood.*（聽聞貴工廠遭近日洪澇損及，特致慰問。）

第二句例句中的 in 亦可換成 by，但用 in 較能表現出被淹在水裡的語感。

dealer

名 販商，銷售商

1. 語意

指自己承擔風險，進貨販賣的人。在 *LDBE* 中有這麼一句 'usu. to consumers'（對象通常是消費者）的說明，意即零售業的特性很強。也可能是這個原因，在國際交易中，這個詞語被用到的機會並不多。另外，相對於類義字 retailer 被廣汎使用作「零售商」解釋，dealer 多半是對應在該販商與供貨一方的關係上時使用。

→請參閱 distributor 項。

2. 接續

(1) 與動詞的接續

*We suggest that you **contact** the shop or **dealer** who sold you your personal computer.*（我們建議你與販賣個人電腦給你的商店或銷售商連絡。）

(2) 與形容詞（子句）的接續

*A valid warranty card will include the name of **the***

authorized dealer.（一張有效的保證卡上會包含有指定銷售商的商號。）

　　*We are **a leading dealer** in machine tools here.*（我們是本地主要的工作母機銷售商。）

　　*Please let us know the name and location of **your dealer nearest** here.*（請告訴我們貴公司離本地最近的銷售商商號以及地點。）

(3)　　其他

　　*Most of our **dealers** found them to be good sellers.*（我們多數的銷售商都有不錯的銷售業績。）

　　*We are sending you promotional materials that have been successful with other **dealers**.*（茲寄上其他銷售商的成功促銷品。）

demand

動　(強烈) 要求

　　這個字由於多是用在工會要求加薪等，諸如此類向對方施加壓力要求時，所以除非事態嚴重，否則像是「本公司向貴公司 demand ～」或是「貴公司 demand 本公司…」之類的句子，通常不會，也不該出現。在筆者調查的約 900 封商業書信裡，作這個意思使用的 demand 只有以下一個例子。

　　*Our customer cannot wait any longer, and is **demanding** shipment not later than April 20.*（我們的客戶不能再等了，他們要求 4 月 20 日以前一定要出貨。）

　　這個句子內容是傳達第三者的強烈要求，由於 demand 的動作主體不在我方，因此語氣雖重，亦不致失禮冒犯，不過這個字基本上還是應視同禁語小心使用。

→詳細說明請參閱 request，require 事項。

名 (1)需要，需求；(2)要求

1. 語意

作與 supply（供給）意思相對的「需要，需求」解釋時，使用上一般問題不大。

*The **demand** for our Model 200 has been so great that we have no more on hand.*（由於對本公司 200 型的需求如此大，本公司目前手邊已無存貨。）

但若是當作「要求」這個含意時，則和前述的動詞一樣，不適合商務上使用。

2. 語法

作「需要，需求」定義解釋時，demand 為不可數名詞；但當 demand 接續 great 或 increasing 之類的修飾語時，則要加上不定冠詞 a，如：a great demand。不過，有時當這樣的詞組置於句首，不定冠詞也可以選擇不加。

(×) There is steady demand for high-class goods of this type.

(○) There is **a** steady demand for...

(○) A growing demand for this item can be expected in this market.

(○) Growing demand for this item can be expected...

下面的情況下，不加冠詞。

*There is **much demand** for...*
*There is **little demand** for...*

be in great demand

3.　接續

「需要～」英文是 demand **for** ～。接下來請參考以下例
句（請注意修飾 demand 的形容詞）。

*There is an **increasing demand for** our line of products.*
（有一股對本公司產品的增加性需求。）

*We would be obliged if you would evaluate the **potential
demand for** our goods.* （貴方若能評估對本公司產品的可
能需求，我們將不勝感激。）

*(A) **worldwide demand** has caused the bread prices to
boom.* （全球性需求使得麵包價格飛漲。）

*continuing pressure caused by a **foreign demand***

desire 危險

動　(1)意欲，想要；(2)請求

(1)　用作「意欲，想要」的含意時
此時的句型為「desire + to 不定詞」。

*I enjoy my work here at the ABC Company and do not
desire to make a change now.* （我很滿意在 ABC 公司的
工作，目前也無意轉職。）

*If you **desire to discuss** any particular points, please
inform us as soon as possible.* （如果你有任何特別事項想
商討，請儘速通知我們。）

商務上會用到的多為上述的句型，但也許是對使用 desire
這個字有些顧忌，使用的頻率非常低；建議最好是用 would
like 代替，或是下文中出現的 if you so desire 的表現方式，

也很常見。

I will be happy to provide you with a letter of recommen-dation, if you so desire.（如果你有意願，我很樂意為你寫封推薦函。）

(2) 作「請求」的定義解釋時

作這個意思用時，下列的句型原則上在文法上是可行的。

「desire＋受詞＋to 不定詞」

但是，像 We **desire you to visit** us tomorrow. 之類的句子，則仍宜避免的好。

→請參閱 would like 項。

名 欲望

這個字義一般在商務上不採用。但在宣傳上有個著名的 AIDA 法則，即 Attention, Interest, Desire, Action；在這裡的 Desire 意味著「想要獲得物品或是服務的欲望」。

direct

動 ⑴指示；⑵寄 (信等) 給～

作「指示」用時，意思大致相當於 instruct，但在頻率上 instruct 較常見。

*We have **directed** our San Francisco office to contact you.*（我們已指示本公司舊金山辦事處與貴公司連絡。）

→請參閱 instruct 項。

作「寄 (信) 給～」的定義使用時，用法與 address 相差不

多。

*Please **direct** your reply to our San Francisco office.*
（請將回覆寄至本公司舊金山辦事處。）

| 形 | 直接的 |

這時的用法如下：

*Labor accounts for a high percentage of **direct** manufacturing costs.*（勞動帳在直接製造成本中佔了很高的比例。）

| 副 | 直接地 |

用法如下：

*Please write **direct** to our San Francisco office.*（請直接寫信至本公司舊金山辦事處。）

此時的 direct 亦可以寫成 directly，但一般採用 direct 的原因是由於 directly 亦有「立即，馬上地」的含意，怕因此產生誤解所致。不過，像上面例句一樣將 direct 用作副詞的情形僅多見於英國，在美國普遍還是使用 directly。

direction

| 名 | (1)指示，指引；(2)使用說明 (書)；(3)方向 |

作(1)的「指示」，及(2)的「使用說明 (書)」用法時，通常會在後面加上 -s，作 directions；用法與 instructions 大致相

同，不過在商務使用上，以 instructions 佔壓倒性多數。
→請參閱 instruction 項。

> *If it is not possible for someone to meet me, please send*
> *me the appropriate **directions** and I will proceed on my*
> *own.*（如果不能有人來接我，請惠寄適當的指引，我好
> 自身前往。）

distributor

經銷商

1. 語意

意指「以本人的身分，自己評估及承擔風險，購入商品庫
存，然後同樣是在自己評估及承擔風險下，轉售該商品」
（中村弘《貿易業務論》〔東洋經濟新報社〕p.62）的人。

2. 類義字

agent（代理商）和 distributor（經銷商）不同的是，後者
是以「本人」(principal) 的身分採取行動，前者則是收取手
續費，以「代理人」的身分從事交易。

在英國等地有將兩者混用的情形，但並不建議讀者也仿效
（請參考下列 *LDBE* 中關於 distributor 的記述）。

> Where he is the only seller in a particular place or area he
> is known as the *sole distributor*. He is often said to have a
> *sole agency* or *exclusive agency*, but he is strictly not an
> agent because he buys and sells for himself and not as the
> representative of another party.（在他 [distributor] 為唯一
> 銷售者的特定地點或區域中，人們視他為獨家經銷商

[sole distributor]，經常說他擁有獨家代理權 [sole agency] 或者總代理權 [exclusive agency]。但嚴格說起來，他不是代理商，因為他是為自己買進賣出，而非以他人的代表身分從事。)

dealer 通常指自負風險進貨，並主要賣給消費者的業者。通常不用於稱呼進口（代理）商，在國際貿易上會使用到這個字的機會很少。

trader 的語意大致與 dealer 相同，不過一般泛指「做生意的人，貿易商」。

3. 發音

將重音置於第三音節是錯誤的，正確應發音為 [dɪˋstrɪbjətɚ]，重音在第二音節。

4. 接續

(1) 與動詞的接續

*Thank you for your letter of November 20, in which you expressed an interest in **becoming** a Pinfinder **distributor**.* （謝謝你 11 月 20 日的來信，表示有興趣成為賓芬達的經銷商。）

*Have you considered marketing your product line in Japan or **having a distributor** here?* （你是否考慮過在日本販售貴公司產品，或者設置經銷商呢？）

(2) 與形容詞（子句）的接續

*Our products are always packaged and delivered to the retailer by our **authorized area distributor** along with a warranty card for each product.* （本公司產品一向由我們的指定地區經銷商包裝、出貨到零售商手上，每件產品並

附有保證卡。）

*If you are open to considering us as **authorized distributors**, one of our representatives would be very interested in meeting with you to discuss a dealership.*（如果貴方願意考慮我們成為指定經銷商，本公司的一名代表非常樂意與貴公司會晤，討論經銷權的事宜。）

*We hear that you act as **a sole distributor** for the ABC Company in Canada.*（耳聞貴公司為 ABC 公司在加拿大的獨家經銷商。）

⑶　其他

*Our company has been active as personal computer **importers and distributors** for over ten years.*（本公司從事個人電腦的進口經銷已經超過十年。）

draft

名　⑴匯票；⑵草案，草稿

1.　語意

商務上用到這個字多半都是作⑴「匯票」的意思。「匯票」的定義是 'a written order drawn by one person to another for payment of money' (*Random House College Dictionary*)（某人開給他人的書面支付命令）。在浜谷源藏監修的《貿易實務辭典》（同文館）中，將匯票定義為「出票人 (drawer) 委託付款人 (drawee) 支付一定金額的票據。」，亦即所謂的逆向票據。

最近出現了將 draft 當成「支票」含意使用的例子，尤其是 demand draft 和 bank draft，似乎有被當成 check 的同義字使用的傾向。demand draft 原本的意思是「見票即付票

據；即期匯票」，但在上述的《貿易實務辭典》中，也作了這樣的說明：「目前的情況是……一提到 demand draft，其實指的就是銀行支票 (Banker's Check)。」

*Please remit the total amount by **bank draft** payable to...*
（請將總額以銀行匯票匯至…）

用作⑵「草案」意思解釋的例子也有，不過使用頻率很低。

*We look forward to receiving a **draft** agreement from you.*（期盼收到貴公司的協議書草案。）

2. 類義字

另外一個同樣表示「匯票」之意的是 bill of exchange。正如票據上的文字寫的是 Bill of Exchange 一樣，這也是「匯票」的正式名稱，draft 只是簡稱。之所以 draft 較常受一般人愛用，理由應該和它的簡短有關。bill of exchange 有時也簡稱 bill 或者 exchange，但大家都曉得，bill 還有其他很多意思，如「鈔票」、「帳單」等，exchange 同樣也有「交換」、「匯兌」等意思，所以為免混淆，一般多避免使用。

同樣是票據，「本票」則稱為 promissory note，性質與「匯票」相去甚遠。

check 是「支票」，與「匯票」不同。但在「1.語意」項中也提到，如 demand draft、bank draft 等，draft 也有作「支票」用法的情形。

3. 接續
⑴ 與動詞的接續

*Please **accept the draft** on our behalf, debit our account (No. 123456), and send us the documents.*（請代本公司承兌這張匯票，記入到本公司帳戶的借方 (No. 123456)

中，並將〔貨運〕單證寄來。）

*We have **drawn** a sight **draft**, which will be sent to the ABC Bank in San Francisco.*（我們已開發即期匯票，該匯票將會寄至舊金山的 ABC 銀行。）

*Your **draft** should **include** our discount commission.*（貴方匯票應包含本行的貼現手續費。）

*The **draft** has been **made out** for payment 30 days after sight.*（這是張見票後 30 天內付款的匯票。）

*We hereby engage with drawers and/or bona fide holders **that drafts drawn** and **negotiated** in conformity with the terms of this credit will be duly honored on presentation and that **drafts accepted** within the terms of this credit will be duly **honored** on maturity.*（我們在此向出票人及／或善意執票人保證，對於符合本信用狀條件開出及轉讓的匯票，將在提出後確實兌付；對於符合本信用狀條件所承兌的匯票，亦將在到期日時付款無誤。）

*We have **prepared** a sight **draft**, which will be sent to the ABC Bank in San Francisco, and presented to you with documents for payment.*（我們已簽發即期匯票，將會寄至舊金山 ABC 銀行，連同〔貨運〕單證提出，敬請支付。）

*When **submitting your draft**, please enclose the following documents:*（在提出你的匯票時，請附上下列文件：）

⑵　與形容詞（子句）的接續

*The total amount shall be paid in Japanese yen upon presentation of shipping documents and **an at-sight draft** drawn under a confirmed, irrevocable letter of credit.*（總貨款將在提示貨運單證及有保兌不可撤銷信用狀擔保的即期匯票後，以日幣支付。）

*Payment: **Draft at 30 d/s** under lrrevocable Credit.*（付款：有不可撤消信用狀擔保的見票後 30 天內兌現的匯票。）

*We hereby issue this lrrevocable Documentary Credit which is available against **beneficiary's draft** drawn at... sight...*（特此開發本不可撤消信用狀，提供受益人見票後…天內付款的匯票之用）

*Please remit the total amount by **bank draft payable** to...*（請將總額以銀行匯票匯至…）

*We have drawn **a sight draft** which will be sent to the ABC Bank, Tokyo.*（我們已簽發即期匯票，將寄至東京的 ABC 銀行。）

employee

名 員工，受雇者

1. 語意

相對於 employer（雇主）的「受雇者」含意。

2. 拼法

最早據說是拼成 employe，字尾只有一個 e，但現在一般拼成 employee，字尾重覆兩個 e。翻開《研究社新英和大辭典》其中寫著：「指女性員工時，常用 employée。」

3. 發音

可作 [ˌɛmplɔɪˈi]，但 [ɪmˈplɔɪ·i] 較為多數人採用。

4. 例句

*I recognize that in Mr. Smith we have an outstanding **employee** and a great asset to our company.*（本人認為史密斯先生是位傑出員工，是本公司莫大的資產。）

*We have just had the pleasure of reading your very fine letter of praise for our **employee**, Mr. John Smith.*（很高興拜讀你對本公司員工約翰・史密斯讚美有加的美好來函。）

*Recently we received a letter from you telling us of your unhappiness with the conduct of one of our **employees**.*（我們最近收到你的來函，信中表達對本公司某位員工的行為感到不悅。）

*We are sorry, but it is against our company's policy to release any detailed information regarding the performance of any former **employee**.*（很抱歉，公開任何關於已離職員工表現的詳細資料，乃違反本公司的政策。）

*I would like to extend an open invitation to you and your **emplyees** to visit our facilities.*（我隨時歡迎你及貴公司員工來參觀本公司的設施。）

*We deeply regret having to follow this course of action and losing you as an **employee**.*（對於必須採取這樣的措施失去你這位員工，我們深感遺憾。）

enclose

| 動 | 封入，附寄 |

1. 頻率

enclose 在商業書信中是個非常實用的字，在筆者所作的商業書信動詞的使用頻率調查中，高居第 6 位。這個字在文章中的用法如下。（頻率順序排列根據的是，兩份日本的文獻、兩份美國的文獻，合計四份文獻篩選出來的結果。）

We have enclosed...

We are enclosing...

...is (are) enclosed

We enclose...

Enclosed is (are)...

Enclosed you will find...

We are pleased to enclose...

Enclosed please find...

We will enclose...

〈近來的趨勢〉

上述九種表現之中，前面的五種一般認為是最安全的用法。其中，第一句的 We have enclosed... 更是近來的趨勢。現在完成式，表現的是距現在稍早前的事，但是封入的行為，實際上應該發生在寫完書信之後。換句話說，使用現在進行式是寫信者從讀信一方的立場考量的結果。讀信者在閱讀該封書信的時點，附件當然早已封入信內，所以在讀信者來說，這是合理的。如果筆者的理解無誤的話，這與中村己喜人教授談到的「同時性」有關。也就是說，寫信者假設自己跟讀信者站在同一時點寫書信，相當於所謂的 you-attitude（對方本位主義），有一種斯人如臨眼前的效果。可能也是這個原因，在筆者的調查結果中，以這一句 We have enclosed... 最常出現。

第 5 句的 Enclosed is (are)... 也經常被用到，但被動語態的形式也有人不太喜歡。

〈使用頻率低的說法〉

第 6 句以後的句子一般很少人用，特別是 Enclosed you will find... 和 Enclosed please find... 這兩句，更是只有在古文獻中才常見得到。關於這一點，在 Evans & Evans 中，有一段有趣的記述，內容是：「find 是偶然發現或找到的意思，請別人去發現，是件很奇怪的事」。也就是說，在這裡不應作「請發現」，而是作「請去尋找」之意，所以至少在文法上要改成 Please try to find... 的說法才是正確的。結果是，這種表達方式在目前人們多敬而遠之，建議能不用就不用。

不過，有些字典還是編了進去。例如在《Genius》中，

就有以下的記載：

「Enclosed, please find...【商】附上…，敬請確認。」

同樣在其他的字典中，除了 Enclosed 之後有無逗點，和支票的金額完全不同之外，例句也全是同一個（《小學館英和中辭典》、《進階英和辭典》〔研究社〕、《現代英和辭典》〔研究社〕等），就算要保留，也該把體例改成【商・古】較好吧！但話說回來，既然是學習用的辭典，這樣過時的例句，建議還是應該予以省略。

2. 語法

平常很少人會說 We have enclosed a price list **in** this letter.，在語法上 We have enclosed a price list **with** this letter. 才是正確的，因為英文的 letter 通常不包含信封。但是，用 in this letter 的例子也不是完全沒有，請看下面的句子：

He enclosed a photo *in* his letter.（宮內・Goriss 編譯《Scot Forssmann 英語類義語辭典》〔秀文國際〕）

不過這裡附上的是照片，所以也有可能是放入折好的 letter（信紙）中吧。

總之，enclose ～ with the letter 在語法上是沒有問題的，但一般認為附在信中這個動作大家都知道，不需再提，因此下面例句括弧中的文字，通常省略。

We enclose a check for $100 (with this letter).
Enclosed (herewith) is a check for $100.

enquiry

名 問價，詢問

商務中經常出現的「問價，詢問」之意，最早用的是這個

enquiry，但現在不管是美國還是英國，大多都寫成這個 inquiry。

→請參閱 inquiry 項。

examine

動 檢查，查驗

1. 語意，類義字

investigate 經常被列為 examine 的同義字，但嚴格說起來，兩者有以下的不同點：

① investigate 的語感較 examine 更有大費周章的感覺，常用於有計畫、有組織性地「調查」。根據 *AHD* 的定義，investigate 是 'examine systematically'；換言之，如果不想誇大事態時，採用 examine 便比 investigate 來得適當。

② 如同在 *Webster's Third New International Dictionary* 中，examine 的定義為 'to look over: inspect visually or by use of other senses' 重點放在是否親眼或靠其他感官作過調查。如此不難理解 examine 為甚麼通常都和文件、機械等作搭配使用，所以下文中將 possibility 或 availability 之類的抽象名詞充當受詞的用法，是不自然的。

(×) We shall **examine the possibilities** of our doing business together.

(×) We have **examined the availability** of shipping in April.

→其他相關類義字請參閱 check 項。

2. 接續

(1) 與名詞的接續

*We have **examined the air-conditioner** at the ABC Company.* （我們在 ABC 公司已經檢查過冷氣機了。）

*We have **examined the contents** of your draft agreement.* （我們檢查過你的協議書草案內容了。）

*Please **examine** the enclosed **data** and **photos**.* （請查驗所附的資料及照片。）

*We would appreciate it if you would **examine the materials** and send us your comments.* （如果你能檢查這些材料，並將你的意見寄來，我們會很感激。）

*We will **examine the packing** in an effort to ascertain how this unfortunate coincidence could have happened.* （我們會檢查包裝，以力求確認為何會發生這次不幸的事件。）

*We hope you will send us a trial order after **examining the quality**.* （希望在檢查過品質之後，你能給我們一份試驗性的訂單。）

***The report** has been **examined**.* （該報告書已經查驗過了。）

(2)　與副詞的接續

*Our engineers have **thoroughly examined** the product and furnished us with a report.* （本公司的技師已徹底查驗過該產品，報告書也提出了。）

expect ⚠

動　預期，期待

1.　**語意**

本字帶有「想當然耳」的預測含意，可以說有正面的意

涵，也有負面的意涵。

(1)　予人正面意涵的情形

*Congratulations on your promotion, and we **expect** that you will accomplish a great deal in your new position.*（恭賀榮昇，我們期待你在新職務上將有非凡成就。）

對於對方的能力給予高度評價，這時就算是自作主張地擅加預測，對方想必也不會怪罪才是。

(2)　予人負面意涵的情形

(△) We **expect** you to order soon.

(△) We **expect** to receive your prompt reply.

下訂單或者回信的行為，選擇權通常在對方，如同上文「（期待對方）你應該會做吧」，實在有些說不過去。

2.　類義字

例如 anticipate。expect 及 anticipate 同樣都可用於預測好事時，也可以用於預測壞事的情況，差別在於 expect 是在有一定程度的根據下作預測，anticipate 則傾向於「會變成那樣吧」的純主觀性「臆測」。

We expect that he will come tomorrow.→He is supposed to come tomorrow.

We anticipate that he will come tomorrow.→We feel (strongly) that he will come tomorrow.

3.　語法

expect 可以與 to 不定詞連用，但 anticipate 不行。

(○) We expect to visit him tomorrow.

(○) We expect him to come tomorrow.

(×) We anticipate to visit him tomorrow.
(×) We anticipate him to come tomorrow.

—G—

go over

動 檢查，查核

　　如同 over 語意中所含的，試著對做過的事再複習一次的意思。

*We know how difficult it is to **go over** every invoice and make out a cheque for it promptly every month.*（我們了解每個月要查核每筆發票，即時開出支票是一件不容易的事。）

→相關類義字請參閱 check 的動詞項。

−H−

hope

| 動 | 希望，期待 |

1. 語意

LDCE 將 hope 定義為 'to wish and expect; want (something) to happen and have some confidence that it will happen'。另外，像 want, wish, would like 等也都有表達「期待」、「希望」的意思，hope 和這三者不同的是，除了也有「如果能⋯就好了」的單純願望外，還帶有預想的成分。也就是說，在 want, wish, would like 等的含意之外再加上 expect, think, trust 等的意思，這就是 hope。

2. 語法

hope 可用於以下的句型：

⑴ hope + (that) 子句　　　⑵ hope + to 不定詞

尤其要注意沒有「hope + 受詞 + to 不定詞」的句型，(×) We hope you to visit us tomorrow. 的說法並不正確，而這也是 hope 與 want, wish, would like 等詞語的不同點。

⑴　hope + (that) 子句

在商務上這個句型非常常見，就以《英文商業書信》一書來說，文中一共收錄 300 封書簡文例，其中 hope 用到這種句型表現的文章，約占了 100 封，也就是說，平均每三封書信中就有一封存在著這種句型。

①　*We **hope that** you will be able to attend the meeting.*

②　*We **hope that** you enjoy reading it.*

③　*We **hope that** you have been pleased with the selec-*

tion, quality, and service we have provided to you.（期待你對我們提供的選擇、品質以及服務感到滿意。）

④ *I **hope that** we will be able to meet soon.*

⑤ *I **hope that** we have the chance to meet again.*

⑥ *We sincerely **hope that** this fine relationship will continue to grow stronger in the years to come.*（我們衷心希望這項友好關係在今後更加深厚。）

⑦ *We certainly **hope** this method of payment better suits your accounting system.*（我們確實期待這種付款方式會更適合貴公司的會計系統。）

⑧ *I **hope that** everything is going well for you and your company.*（希望你及貴公司一切順利。）

⑨ *I **hope** this has established our creditworthiness with your company.*（期待藉此建立了貴公司對本公司的信任。）

⑩ *We **had hoped that** we would be able to place a large order with you, but...*（我們原先期望能夠向貴公司下一筆大訂單，但是…）

⑪ *Mr. Tanaka **hopes that** you will understand the situation.*

〔注〕兩兩比較上例的①②、④⑤、⑥⑦，其中①④⑥的從屬子句用未來式，②⑤⑦用現在式，兩者用法都對，但據說美國的習慣是用現在式，如同 We hope the goods arrive in good order.。
⑩的例句用過去完成式 had hoped，表示沒有實現的過去的期待。

(2)　hope + to 不定詞
　　*We **hope to receive** your favorable response to this*

-64-

request.

名　希望，期望

1.　接續

在商務中的用法如下。

*I am writing **in hopes of** being considered for a future position.*（將來有缺時，希望能惠予考慮本人，故此致函。）

*I am writing **in hopes of that** you can help us.*

*I am writing **in the hope that** you can help me carry out some research in this area.*（此番致函乃是期望貴方能協助我在這個領域上進行一些研究。）

*I was just about **giving up hope of** recciving orders.*（我差點就對接到訂單一事不抱期待。）

2.　語法

如同上面的例句所示，hope 可作可數名詞，也可作不可數名詞。使用上可作 in hopes of -ing; in the hope of -ing; in hopes that 子句；in the hope that 子句等等，但是不可以作（×）in hopes to 不定詞；（×）in the hope to 不定詞（hope 作名詞時不可以和 to 不定詞連用）。

—I—

immediately

1.　語意

查閱 *AHD* 中有這麼一段說明 '*immediately* and *instantly* imply no delay whatever, as between request and response'（immediatly 與 instantly 都是絲毫沒有延誤的意思，比方要求與回應之間）。在 *The Random House Dictionary* 中，也將它與 instantly 共同定義為 'complete absence of delay or of any lapse of time'（完全沒有延遲或任何時間上的流逝）。

如上面所述，immediately 與 instantly 和 at once 一樣，都是 intensity（強度，緊急度）很高的詞語，因此最好少用在要求對方的行為上。例如 Please reply **immediately**. 之類的話，會給人有如侵犯領海權的感覺，很容易招致對方的反感。

相對地，如果是像 We will ship the goods **immediately**. 用於自己的行動上時，則容易博得對方的好感；只不過這句話一旦說出口，所謂一言既出駟馬難追，可別忘了真的得遵守承諾立刻出貨哦。

2.　類義字

那麼，若想用些柔性的詞語取代 immediately 時，應該怎麼做呢？有很多的說法可以考慮，像是 promptly 就較 immediately 來得柔和。根據筆者的調查，以一本名為 Rosenthal & Rudman, *Business Letter Writing Made Simple*, Doubleday 的書為例，其中要求對方回信的書信範本中，就

常可見到 prompt reply 的蹤影，但是 immediatly reply 的使用卻近乎零。其中就算用到 immediate(ly)，情況也絕大多數是作「敦促付款」或「申訴」等解釋使用，都是當事人居於強勢立場，措辭必須強硬的情形。

*We would appreciate a **prompt** reply.*

*We should appreciate an **immediate** settlement.*（你若能即刻結清欠帳，我們會很感激。）

*I am **immediately** answering your letter about my over-due account.*（茲立即回覆你關於本人逾期帳款的來函。）

──我方的行動

在 *AHD* 中有這麼一段解說 '*Forthwith, directly* and *promptly* all stress readiness of response but with a brief interval prior to fulfillment of the action involved.'（Forthwith, directly 以及 promptly 都是強調已準備回覆，但距離實際行動還有些時間上的間隔。），由此也可以了解 immediately 與 promptly 的差別究竟何在。

另外，一般的字典是這麼定義的：

immediately	promptly
馬上	迅速地
立刻	敏捷地
直接地	即刻

這兩個看似同義的字，其實在「急迫性」上還是有些差距的。如果把有「加緊，趕快地」含意的類義字依 intensity 的程度高低作排列，結果可能是這個樣子：

High Intensity

at once

immediately

quickly

by return mail

-68-

(by return; by return of post)

Medium Intensity
without delay
promptly
soon
at your earliest convenience
shortly
in the very near future
as soon as possible

Low Intensity
in the future
at the proper time
at your convenience
when it may be convenient (for you)

　（以上僅是筆者和數名以英文為母語的人士共同集思後的結果，不過想法原本就因人而異，再加上依情況的不同，強烈度也會不同，所以不敢說上表絕對正確，讀者不妨姑且視作參考。）

　上面列為 high intensity 的詞語，當要用在請求對方有所行動時，必須特別注意。

　另外，在 AHD 中依 intensity 的程度，也作了以下的排列：

　immediately, instantly, forthwith, directly, promptly, presently

　其他也有人使用 now, right now, today 之類表示「立刻」含意的語詞，這些帶有 sales（推銷）語感的用字，在使用

時會給對方一種說話者對自己提出的條件、產品等有極大的自信，若不予以接受，實在可惜的印象。

inconvenience

名 不便，困擾

1. 頻率

根據以一般文獻作成的 LOB CORPUS 的統計，這個字出現的次數不到 10 次，也就是說頻率並不高；在商務上它當然也不是一個經常會用到的語詞，但就筆者調查近 900 封商業書信中，發現 19 例（包含動詞）的情形來看，inconvenience 在商業書信中用到的機會比日常中使用高，這一點倒是可以肯定的。（不過相反地，在 LOB CORPUS 中 trouble 出現了近 200 例，但在筆者的商業書信調查中卻只有十例，因此我們也可以說 inconvenience 較 trouble 來得書面體。）

2. 類義字

discomfort 也可以列入類義字，但是因為與商務關連不大，所以在此暫且只舉出 trouble 作敘述。

如同「 1. 頻率」項中的陳述，一般來說，trouble 較 inconvenience 來得常用許多。在日常會話中，trouble 經常解釋作「麻煩」的意思，出現在像是 'We're having a bit of trouble with the baby...' (*LDCE*) 之類的句子中。

多音節的字不僅在日常會話上不討喜，前面也曾經提到，在商務中簡潔勝過一切，既然如此，那為甚麼在商務上 inconvenience 的出現頻率又會高於 trouble 呢？這是因為 trouble 強烈的語感容易給人小題大作的印象。如果是我方

造成對方困擾，使用誇大的言詞讓對方產生我方出了大錯的印象，無非只會徒增自己的困擾；換個情形，就算是對方理虧，這時誇大對方增添自己困擾的程度，相信也沒辦法給對方留下好印象，所以在商務上採用 inconvenience 較 trouble 來得頻繁，道理也就在這裡了。

3. 可數不可數

作抽象的「困擾」含意時為不可數，但若用於表示引起困擾的人或事物時，則是可數名詞。（長野格…等著《商業英語 question box》〔大修館〕p.169）

4. 接續

「給人造成不便」一句中的動詞，一般是用 cause。另外一種對號入座 give inconvenience 的說法雖然不算錯誤，但仍以 cause inconvenience 較為適當。（如果是 trouble 的情形，則用 give 或 cause 兩者都很常見。）

⑴　　cause＋inconvenience

*We hope you will accept our apologies for any **inconvenience** this incident may have **caused**.*（對於這件事可能引起的任何不便，希望你能接受我們的道歉。）

⑵　　cause＋人＋inconvenience

*We sincerely apologize for this error and any **inconvenience** it may have **caused you**, and look forward to continuing to serve you.*（我們竭誠為這個錯誤，以及因此可能造成的不便向你致歉，也期望今後能繼續為貴公司服務。）

*The delay in shipment has **caused us** considerable **inconvenience**.*（此次交貨的延誤已經造成我們相當大的

困擾。）

(3)　　bring + inconvenience + to + 人
*We are sorry about any **inconvenience** this may **bring to you**.*（我們對這件事可能為你帶來的不便感到抱歉。）

(4)　　experience + inconvenience
*We are very sorry for the disappointment and **inconvenience** you have **experienced** over this.*（我們非常抱歉為此使你失望並造成了你的不便。）

動	使不便，添麻煩

1.　類義字

前面談到類義字時，提到過 trouble 一詞，不過 trouble 作動詞用時，小題大作的語感會比作名詞用時更明顯，所以一般多半使用 inconvenience 以避免出錯。

2.　例句

*We hope that you have not been seriously **inconvenienced** by the delay.*（希望我們的延誤沒有給你添太多的不便。）

*We are deeply sorry that you have heen **inconvenienced** by this occurrence.*（對於這件事造成你的不便，我們深感抱歉。）

indent

名 ⑴訂貨 (單)，委託採購 (單)；⑵句首空格

1. 語意

⑴　訂貨 (單)，委託採購 (單)

此字多見於貿易公司、代理商等用於表達「訂貨 (單)」的意思時使用，為英國式的用法，但最近一般都改用 order。

　　Thank you for your Indent No. 20 of May 16. （謝謝你 5 月 16 日發出的第 20 號訂單。）

→詳細說明請參閱 order 項。

⑵　句首空格

指書信的句首縮排，空數格的意思。

2. 發音

發音方式有兩種：['ɪndɛnt] 與 [ɪn'dɛnt]。但是作動詞時只能唸成 [ɪn'dɛnt]。

動 ⑴下訂單；⑵句首縮排

⑴「下訂單」的意思，較名詞使用的頻率來得少。

⑵「句首縮排」的意思，用於下面例句的情況下：

　　Indent five strokes at the beginning of each paragraph. （每一段的開頭部分空 5 格）。

inquire

動 詢問，查詢

語意大致與 ask 同，但由於態度上比較強硬，有時會令對方有被「盤問」的感覺，使用時要特別注意。

*I was very pleased to receive your letter **inquiring** about...*

*We are writing to you to **inquire** why we have not received any explanation about the delay.* （此次致函是想詢問，為何我們沒有收到任何關於該次延誤的解釋。）

→請參閱 ask; inquiry 項。

inquiry

名 (1)詢問，問價；(2)調查

1. 語意

這個字除了作「詢問，問價」的意思解釋外，還有「調查」的意思。一般而言，當要表現「詢問關於…（事）」之意時，多半是用 inquiry **about**...；表達想購買的意願，「對…（貨品）問價」時，則多是用 inquiry **for**...（附帶一提，如果是作「調查，查究～」時，則是用 inquiry **into**...）。在筆者調查的約 900 封英文書信中，用作「調查」解釋的例子為零，可見在商業書信中這個字多半是作(1)「詢問，問價」的意思。

2. 拼法

用作「調查，查究」的意思時，拼法為 inquiry，至於「詢問，問價」的用法，原本是拼成 enquiry，但是現在在商務上也已經統一使用 inquiry，所以沒有問題。

根據 *LDCE* 的解說，enquiry 與 inquiry 被視為完全相同的字，只是 enquiry 多用在「詢問，查詢」的意思上，而 inquiry 多用作「調查，查究」之意。

在 Hofland & Johansson, *Word Frequencies in British and American English*, Longman 中有下列的統計——

	Brit.	U.S.
enquiry	24	0
inquiry	16	17

所以結論就是：

① 在美國不使用 enquiry。

② 在英國，當用作「詢問，查詢」的意思時，通常拼成 enquiry，但最近在商務上也有拼成 inquiry 的例子出現。

3. 發音

有 [ɪnˈkwaɪrɪ] 和 [ˈɪnkwərɪ] 兩種發音，美國人多選擇後者，須留意。

4. 接續

以下是筆者根據後面接續的介系詞，從大約 900 封的書信中，整理出下列三種接續用法：

(1)　inquiry + about...

*We have received your recent **inquiry about** the credit-worthiness of the ABC Company.*（我們收到你最近來信詢

問有關 ABC 公司的信用狀況。）
這種用法共出現 6 例。

⑵　　inquiry＋concerning...
*Thank you for your recent **inquiry concerning** our products.*（謝謝你最近詢問到關於本公司的產品。）
這種用法共有 3 例。

⑶　　make an inquiry＋of＋人（詢問〔人〕）
*We will respond in a positive manner to any **inquiries made of us** from your prospective employers.*（我們會以積極的態度應對來自求才雇主對於我們的詢問。）
這種用法只出現 1 次。

　　以下的用法雖然在這次調查中並沒有發現，但是在商務上卻可以見到。

⑷　　inquiry＋for＋物（對〔物〕的詢問）
*We have received a number of **enquiries** from our trade connections here **for** your "Weatherproof" raincoats...*（我們接獲許多本地的合作廠商詢問到有關貴公司的「Weatherproof」牌雨衣…）——King & Cree, *Modern English Business Letters*, Longmans

inspect ⚠

動　檢查，檢驗

1.　語意

　　查閱 *AHD* 中的定義為 ' 1. To examine carefully and *critically*, especially for flaws. 2. To review or examine *officially*.'（斜體部分筆者），可見這個字主要用於「檢查是否有缺

陷」，或是「公家機關進行檢查」之類的情況下。

因此，當我方 inspect 對方所做的事情時，要特別留意是否有失禮之處。例如，幾乎沒有賣方會對買方說出：We have **inspected** your order.，而是會說：We have **examined** your order.

→相關類義字請參閱 check 的動詞項。

2. 頻率

在筆者的調查中，用到動詞的例子少之又少，多是用名詞 inspection。

3. 例句

*We have directed our engineer to contact you and visit your plant to **inspect** the equipment.*（我們已經指示本公司的工程師與貴公司連絡、前往貴工廠檢驗設備。）

inspection

名 | 檢查，檢驗

1. 語意

在之前的動詞 inspect 一項中有提到，這個詞語意指：「對於有無缺陷的檢查」及「來自公家機關的檢查」。站在接受 inspect 一方的立場，可以感受到這是一個不受歡迎的語詞，因此在使用時千萬留意不可失禮。

→請參閱 inspect 項。

2. 接續

(1) 與介系詞的接續

*We have received the word processor which you returned to us **for inspection**.*（我們已經收到貴方送回檢查的文字處理機。）

*The goods will have to be held **for** our **inspection** until the cause of the damage is determined.*（在毀損的原因確定之前，這批貨物必須由我們來保管，以利檢查。）

*Our **inspection of** the shipment has revealed that the quality is far inferior to that of the original sample.*（我們檢查後發現，該貨物的品質遠不及原樣。）

(2) 其他

certificate of inspection（檢驗証明書）
customs inspection（海關檢驗）
manufacturer's inspection（廠商檢驗）
seller's inspection（賣方檢驗）

instruct

動　(1)指示，指令；(2)通知；(3)教授，教導

1. 語意

作「教授」含意的用法在商務上幾乎很少見，至於作「指示」的用例則有是有，但正如釋義所示，由於帶有一些命令式的官僚氣，所以類似像我方 instruct 對方的例句也很少出現。而且由於動詞的 instruct 又比名詞的 instructions 聽來令人反感，因此一般多用於我方 instruct 第三者，或是對方（或第三者）instruct 我方的情況下，諸如我方 instruct 對方

-78-

的例子很少見到。

*We have **instructed** the bank to open a letter of credit.*
（我們已經指令銀行開發信用狀了。）

*You **instructed** us to ship the goods by the end of July.*
（貴公司指示我們在 7 月底前出貨。）

相較之下，We **instructed** you to ship the goods... 一般多說成：We **asked** (or **requested**) you to ship the goods...。

另外，instruct 有時也作 inform 的意思使用。

*They **instructed** us that the account was settled in May.*
（他們通知我們帳款在 5 月時已經結清了。）

2. 類義字

command 及 order 等命令意味強烈的類義字，在商務上幾乎不用，另外一個類義字 direct 則可和 instruct 視作同義使用。

→請參閱 direct 項。

語意⑵的類義字則有 inform。

3. 語法

⑴ 作「指示」意義時的 instruct 的句型有：

a) instruct＋人（組織）＋to 不定詞

*We **instructed them to release** the documents on payment.*（我們已指示他們在付款時交付單證。）

——在商務上，幾乎都作這種句型。

b) instruct＋how（when, where, what 等）＋to 不定詞

*I will **instruct him when and where to meet**.*（我會指示他見面的時間及地點。）

(2)　作「通知」意義時的 instruct 的句型有：

　　　　instruct ＋ 人（組織）＋ 子句

*They **instructed us that** the matter had been settled by their New York office.*（該公司通知我們，這件事他們紐約的事務所已經解決了。）

instruction

動　⑴指示，指令；⑵命令；⑶教授，教導

1.　語意

⑵「命令」(order) 跟⑶「教授」(teaching) 的意義在商務上幾乎不採用。

至於作「指示」用的例子，在商務上則是有的。雖然「指示」聽起來有點上對下的感覺，但是從這個字亦被用於立場對等的貿易對象來看，看來倒也不是那麼高高在上的用語才是。

instructions 常見用作「使用說明（書）」解釋，這是因為它另外還含有 advice on how to do something（某事應該如何進行的通知）的意思。例如，shipping instructions 雖然被譯成「裝運指令」，可是它所指的含意嚴格來說並不是「要求出貨的命令」，而是「指示該以何種方式出貨的說明」；不過，若是換作寫成 instructions to make shipment 時，則指的就不是指示出貨的方法了，而是「請求（對方）出貨的指令」之意。

2.　類義字

order 及 command 是經常會被列舉到的字，但是由於這些詞語具有強烈的「命令」含意，在商務上通常不採用。

directions 與 instructions 可說幾乎同義,在商務上也不乏有人使用,但是根據筆者的調查,instructions 還是最常被採用的。

3. 可數不可數

作「教授」(teaching) 意思用的時候,是不可數名詞。

當作「指示」的意思使用時,則記得要加上 -s。但是當 instruction 修飾後面接續的名詞時,像 instruction manual (使用手冊) 的情形,通常不加 -s。

4. 接續

(1) 與動詞的接續

carry out instructions(遵行指示)
follow instructions(服從指示)
give instructions(下指令)

(2) 與句子、子句等的接續

instructions for + 名詞子句
instructions + to 不定詞
instructions + that 子句

最後一項 that 子句中用的述語是假設語氣現在式(即動詞的原形),英國式用法向來是在動詞的原形前面加上 should,但是現在在商務上,包括英國,許多都是直接使用假設語氣現在式。

*They gave us **instructions that** the goods **be** shipped by the end of September.*

現在在英國,甚至也出現用現在式的傾向。

→請參閱 suggest 項。

(3) 其他

In accordance with your instructions of April 11, 1991, *The ABC Bank, Los Angeles, accepted a draft for 2,000 dollars.*（遵照貴公司 1991 年 4 月 11 日的指示，洛杉機的 ABC 銀行承兌了一張 2000 美元的匯票。）

We have attached our packing and marking instructions.（我們已附上本公司的包裝及標誌指示。）

→請參閱 order 項。

investigate

動 調查

1. 語意，類義字

主要用於調查已成事實的事件發生原因，這一點與 inspect 不同。如果與另一個類義字 examine 相比，investigate 給人的感覺是較有組織性、有系統地從事調查。

→相關類義字請參閱 check, examine 項。

2. 接續

接續的受詞絕大多數是用 matter。

We are still investigating this matter in an endeavour to find out just what happened and how it can be avoided in future.（這件事我們仍在調查中，力求找出發生了甚麼事，以及今後該如何避免。）

The manufacturer is now investigating the matter, and we will inform you of the results as soon as they are available.（製造商目前正在調查該事件，一有結果我們會儘速通知貴方。）

invoice

名	發票，發貨單

1. 語意

　　賣方交付給買方有關商品及請款金額的明細表，就是所謂的「發票」。將貿易上所用的發票作區別，可大致分為兩類：「商業發票」(commercial invoice) 及「官用發票」(official invoice)。「商業發票」中，還可分為「裝運發票」(shipping invoice) 及「形式發票」(proforma invoice) 兩種。

　　另外，「官用發票」也可再細分為「領事簽證發票」(consular invoice) 及「海關發票」(customs invoice)。一般在貿易上如果只寫出 invoice 時，通常是指「裝運發票」。

　　關於各 invoice 的詳細內容，請參考其他專業的書籍。

2. 發音

　　重音是放在第一音節 [ˈɪnvɔɪs]，請注意。

3. 接續

　　*We are deeply sorry that we were not able to **clear** your July **invoice** for 2,300 dollars.*（實在非常抱歉我們無法付清貴方七月份的發票美金 2,300 元。）

　　*The credit will **cover the invoice**, discounting, and all other bank charges.*（信用狀上包含了發票金額、貼現息，以及所有其他銀行的手續費。）

　　*Please mail your check today for US$2,300 **covering our Invoice** No. 8912.*（請在今天寄出 2,300 美元的支

票，以支付本公司開出的第 8912 號發票。）

*From your next order, if you wish, you may claim a 10% cash discount for payments made within 15 days **of receipt of invoice**.*（如果貴公司願意，可以從下一次訂單開始，凡在收到發票後十五日內付款，將可要求 10% 的現金折扣。）

*Please make payment within 15 days **from receipt of the invoice**.*（請在收到發票後 15 日內付款。）

*Please fill in the enclosed dispatch form and return it with the consignment and **commercial invoices**, one of which should be included in each crate for customs inspection.*（請填寫所附的發運表格，連同寄售及商業發票一併寄回，發票並且須附在每個板條箱上以便海關檢驗。）

*Here is your second chance to pay these **overdue invoices**:*（這裡列出讓你付清逾期發票的再次機會：）

*Please check the following **invoices that are past due**.*（請核對以下這些逾期的發票。）

*The **invoice value** of the merchandise is 1,500 dollars.*（該商品的發票金額為 1,500 美元。）

*In spite of the fact that the value of the Japanese yen has almost doubled in terms of the pound, our **invoice prices** to you, in terms of your own currency, have risen on the average only about 28%.*（儘管日幣對英磅的價格已上漲快兩倍，本公司對貴公司發出的發票金額，換算成貴國的貨幣，平均不過上升 28% 而已。）

*You may draw on the above bank at 60 days sight for **the amount of the invoice**.*（請開發票金額以上述銀行為付款人的見票後 60 天內兌現的票據。）

–L–

L/C (letter of credit)

名 | 信用狀

1. 語意

主用於貿易上的保證支付文件，由進口地的銀行接受進口商的委託，開狀給出口商。種類上分為：一經開立，若無有關當事人全體同意，既不能變更，也不得取消的 irrevocable L/C（不可撤消信用狀）；以及，為了提高信用狀的信用度，由信用度高的銀行再次加以確認保證的 confirmed L/C（保兌信用狀）等。有關各種特定需要開發的信用狀詳細說明，請參閱專業書籍。

2. 發音

L/C 是 letter of credit 的縮略，完整的發音為[ˈlɛtɚ əv ˈkrɛdɪt]，但寫成 L/C 時，一般唸成 [ɛlˈsi]，加上不定冠詞後便是 **an** L/C，但也有寫作 **a** L/C 的例子（與其認為此純為筆誤，不如看作是受到完整發音 letter of credit 的影響，所以冠詞才用 **a**）。

3. 接續

(1)　與動詞的接續

*We would like to ask you to **amend the L/C** as follows:*（我們想請你將信用狀修改如下：）

*We must ask you to **alter the wording of the L/C** to conform to the wording of the contract.*（為了符合契約的文義，我們必須要求你更改信用狀上的用語。）

This letter of credit shall be confirmed by a first-class bank in Japan or the United States. （本信用狀須經日本或美國一級銀行加以保兌。）

Please arrange with your bankers to *correct the discrepancies in your L/C*. （請與你的來往銀行協商修正信用狀上的瑕疵。）

Your L/C expires on April 15. （你的信用狀在 4 月 15 日到期。）

We would appreciate your *extending the shipping date and the validity of the L/C* by two weeks. （如果貴公司能將裝船限期，以及信用狀的有效期間延長兩星期，我們會很感激。）

Please *open an L/C* in our favor by August 29, 1991. （請在 1991 年 8 月 29 日前開發以本公司為受益人的信用狀。）

「開發信用狀」，動詞可用 open, establish, issue 等，其中又以 open 占壓倒性多數。（但是當「開發」作名詞使用時，則大多會與 establishment 作搭配。原因是，與其使用 **opening** of an L/C 之類的動名詞，不如使用如 **establishment** of an L/C 的純粹名詞來得適當。）

Your L/C has not yet *reached* us.

As soon as we *receive your L/C*, we will ship the equipment. （迨我們一收到信用狀，該設備便會交貨。）

Your L/C stipulates that shipment shall be effected by May 5. （貴信用狀上明訂 5 月 5 日之前出貨有效。）

(2)　與名詞的接續

Upon *receipt* of your *letter of credit*... （迨收到貴方的信用狀後…）

We will be unable to ship the goods within *the validity* of

-86-

your L/C.（我們無法在貴信用狀的有效期間內出貨。）

⑶　　與形容詞（子句）的接續

*Payment:**L/C at sight** or deferred payment, at buyer's option.*（付款：採即期信用狀或是延期付款方式，由買方決定。）

*The total value of the **L/C** is correct.*（本信用狀上的總額無誤。）

⑷　　其他

***Without your L/C**, we are unable to effect shipment.*（沒有貴方的信用狀，我們無法完成出貨。）

leaflet

名　　傳單

1.　語意

幾乎所有的字典解釋都脫不了下列三點——

・單張印刷品。

・折疊成數頁。

・通常免費發送。

不過，在 *cobuild* 裡頭是這麼寫的：

a **leaflet** is a little book or a piece of paper containing information about a particular subject. Usually leaflets are given free to the public by organizations.（leaflet 是本小冊子或是一張紙，上頭刊載了有關特定事物的情報，通常由機關組織免費發送給一般大眾。）

該字典並同時列載了 booklet 及 pamphlet 當作同義字，可見這個字並不是僅指單張傳單的意思。但是，當我們外國人

在使用這個詞語的時候，把它限定為單張傳單使用，還是最保險的做法。

2. 例句

*Enclosed is a **leaflet which describes** our new facility.*
（茲附上一張介紹我們新設施的傳單。）

→請參閱 brochure 項。

literature

名 印刷品

1. 語意

這個字也作「文學」的意思，當然，在商務上一般都作「印刷品」解釋。「印刷品」包含的範圍相當廣，諸如 booklet, brochure, catalog, leaflet, prospectus 等，全部都算是 literature，但也因此可以說，這個字有不夠 specific 的缺點。

2. 可數不可數

這個字是 Uncountable noun（不可數名詞），所以不可說成 **a** literature，或是 literature**s**。

3. 例句

*We are enclosing **company literature that details** our business activities in Europe.*（茲附上本公司在歐洲的商業活動詳細介紹。）

*I must apologize that we cannot provide **product literature** in French at this time.*（很抱歉，我們目前無法提供

法文版的產品資料。）

*We are enclosing **literature which describes** Minivise in detail.*（茲附上迷你虎頭鉗的詳細介紹。）

→請參閱 brochure 項。

look forward to ～

| 動 | 期盼，企盼 |

1. 語意

expect with pleasure 的意思，適合用於期待對方有好回應時。

We look forward to your response.

We are looking forward to receiving your order.

2. 語法

(1) 進行式與單純現在式

　根據筆者約略的調查，在商務上採用單純現在式的情形較多，原因是 look forward to 已內含說話者感情的成份，若再使用進行式，期待的心情無異躍然紙上，過於露骨，所以受到不少人排斥。

　即使是單純現在式，look forward to 的使用頻率也不如想像中的高，可見這種表現方式雖然可讓對方感受到我方的善意，但熱情地陳述我方期待，搞不好會造成對方壓力，不是嗎？

　經查證 W.F.Mavor, *English for Business*, Pitman 時，look forward to 與 be looking forward to 的蹤影完全見不著，取而代之的是 **We should appreciate hearing** from you on the above points. 以及 **We shall be glad to receive** your cheque.

等。（不過話又說回來，每個人各有好惡，僅根據一本書的資料就貿然加以斷定，實在是件很危險的事……）

總而言之，除非已完全確定對方確實會採取行動，這時使用 look forward to 或 be looking forward to，才不會有逼對方作決定的語感。

在 M.Swan, *Practical English Usage*, Oxford 裡，認為進行式與單純現在式之間並沒有很明顯的差異。其敘述如下：

With words that refer to physical feelings (eg *hurt, ache, feel*) there is not usually much difference between progressive and simple tenses. This is also true of the expression *look forward to*.

I look forward to your next visit. (Or: I'm looking forward...)（表達感官的字〔例如 hurt, ache, feel 等〕，用進行式或是單純時態，一般沒有太大的差異，這點也適用於 look forward to 的用法。例如：I look forward to your next visit.〔或 I'm looking forward to...〕）

⑵　關於 look forward to hear...

一般我們常聽到的意見是：「look forward to 的 to，不是引導不定詞的 to，所以像 we look forward to **hear** from you. 這樣的句子並不正確，後面應該接續名詞子句，而不是原形動詞」。但是，最近在以英文為母語的人士所寫的文章中，卻出現不乏類似上述的句子；同時在《時事英語研究》1981 年 9 月號中，神戶市的都築鄉實先生也大致作了以下的報告──

K.Schibsbye 在 *Modern English Grammar* (2nd edition) 一書中指出：'I'm looking forward *to see you soon*.' 的句型雖不常見，但是可以成立。另外，在 *The Daily Yomiuri* 中也可以找到以下的例子：

① Stockholm (AP)―"We were really looking forward *to have* Bjorn on the team again."

② London (AP)―"We look forward *to take* part in this summit," Carrington said...

――上述的表現方式，或許在不久的將來就會成為正確的用法，但是當我們實際在書寫英文的時候，最好不要勉強使用，尤其是容易被一般認為是錯誤用法的表達方式，你說是不是？

look into

|動| 詳查，仔細調查

這個字的類義字有 investigate 一語，不過，語感的強度較 investigate 來得輕。在筆者的商業書信調查中，只發現了兩個使用這種表現的例子。試舉一例：

*We would be grateful if you would **look into** the matter immediately and let us have your comments.*（如果貴方能立刻詳細調查這件事，並告訴我們你們的意見，我們會很感激。）

→其他相關類義字請參閱 check 項。

loss

|名| (1)（物品的）損失，毀損；(2) (時間、金錢上的) 損失；(3) (失去人的) 損失，喪失

1. **語意**

(1)　（物品的）損失，毀損

damage 是指物品的部分受損，相對之下 loss 則是全部泡湯的意思。即使物品沒有消失，但損壞程度已無異於消失的情況時，也有人使用 loss 作比喻。

⑵　（時間、金錢上的）損失

下列的例句將這個含意表達地非常貼切。

*The delay in shipment has caused us sizable **losses in time and sales**.*（由於出貨的延誤，導致我們在時間及銷售上蒙受相當程度的損失。）

⑶　（失去人的）損失，喪失

作這項語意解釋時，可以用在對方逝世、不存在的情況下，也可以用於因退休 (retirement) 或離職 (resignation) 等原因而不存在的時候。

2.　語法

商務上這個字通常是用在表達損失金錢，以及寫訃文的時候。

⑴　損失金錢的情況

為可數名詞。**a loss** of 500 dollars 與 **losses** of 500 dollars 的差異，在於前者是因某一事件而造成 500 美元的損失，後者相對下是因為數個事件（例如因 a 事件損失 250 美元，因 b 事件損失 150 美元，因 c 事件損失 100 美元）而總共損失 500 美元。

與動詞的接續法，請參考以下例句：

・「人＋suffer (sustain)＋a loss」（人蒙受損失）

*We have **suffered** serious **losses** because of the production stoppage and repair costs.*（停產及修理費使得我們蒙受嚴重的損失。）

・「事物＋cause＋（人）＋a loss」（事物造成人的損

失）

*The delay in shipment has **caused us** considerable losses.*（出貨延誤造成了我們相當的損失。）

・「compensate＋人＋for＋losses」（賠償某人損失）

*We ask you to **compensate us for the loss** we sustained as a result of the damage.*（我們要求你們賠償我們因毀損而蒙受的損失。）

・「cover＋a loss」（賠償損失）

*We must ask you to **cover the losses** we have suffered due to the damage.*

下句同樣可行。

*We must ask you for **compensation for our losses** resulting from the damage.*

⑵　（失去人的）損失

例如對 Mr. Smith 的逝世發訃文時，便可以使用以下的文句。

① *Please accept my heartfelt condolences on **your sad loss**.*

② ***His loss** will be keenly felt by all of his friends at the Nagatake Company.*

①中的 your loss，其中 your 是 loss 的主詞，所以該句指的是「您失去了 Mr. Smith」；而②的 his loss 中，his 是 loss 的受詞，也就是「我們（或者遺族）失去了他」的意思。

上述的 loss 並不僅限用於死亡的情況，以下的情形也可以使用。

*His retirement is a great **loss** to us.*（他的退休對我們是莫大的損失。）

3. 片語

total loss（全損）

partial loss（分損）

—O—

order

名	⑴訂貨 (單)，訂購的貨物；⑵秩序；⑶順序；⑷命令，指示

　　這個字是商務用語中使用最廣汎的實質語（與抽象的機能語相對）。根據石井貞夫的《貿易通信的體系研究》（白桃書房）所述，無論是美國的 Ernst Horn 的調查，或是石井教授自己作的調查皆顯示，在商業英語的基本語中，order 的使用頻率高居第一位。

　　現在再看筆者調查的結果，在 Gordon Drummond, *English for International Business*, George Harrap 的實際例句中所出現的名詞裡，order 出現的次數為 130次，遠遠超過第二位的 letter (66)，穩居第一名的寶座。即使說商業正是以 order 為中心運作，我想也不算誇張。

1.　語意

　　在筆者最近對約 900 封商業書信所進行的調查中，order 共出現 101 次，其中各種語意的出現次數如下。

與「訂貨」相關		指示	其他	合計
名詞	動詞			
84	5	3	9	101

　　從上表中可以很明顯地看出，幾乎都是作與「訂貨」相關的名詞使用。在這裡之所以不明確地說「訂貨」，而用「與訂貨相關」的原因，在於其中有作抽象意思的「訂貨」使用

的情況、有意指具體的「訂單」含意的時候，更有表達「訂購的貨品」之意的情形，而這些意思的差異，則必須從文句以及狀況來判斷。

*We will place an **order** with you soon.* （我們會很快向貴公司下訂單。）

*We will send you our **order** soon.* （我們很快會將訂單寄予貴公司。）

*We will ship your **order** No. 20 soon.* （我們會迅速讓貴公司的第 20 號訂單出貨。）

作第 2 項釋義「秩序」用時，例句如下：

*We hope the goods arrive **in good order**.* （我們希望貨物能順利送達。）

至於第 3 項的「順序」，則是這麼使用的：

*Our products are listed **in alphabetical order**.* （本公司的產品乃是依照英文字母的順序排列。）

> 〔注〕一般不加冠詞，所以 (×) in **the** alphabetical order 或
> (×) in **an** alphabetical order 基本上是錯誤的。

至於第 4 項的「命令，指示」，則是作類似 pay **to the order of** shipper（支付給託運人指示之人）的用法；另外，Shipping Order（裝貨單）也算屬於這個範疇。order 與 instructions 都是表達「指示，命令」之意，但是 order 的「命令」意味較強，instructions 則比較接近「指示」的含意；但不管怎麼說，給對方下 order 或是 instructions ，基本上都是件很失禮的事，所以在商業書信上，特殊的場合除外，一般都不這麼使用。所謂特殊的場合，指的就是上述 set phrase 的情況下。

附帶一提，instructions 常被用作「說明 (書)」之意（詳細說明請參閱 instruction 項）。而在商業書信中，當有事要

要求對方配合的時候，通常是用諸如 request 之類較柔和的字眼。

2. 類義字

「訂單」的類義字另有 indent。關於這一點，羽田·島在所著的《貿易的英語》（森北出版，P.117）中，有以下說明：「order 是買方直接下的訂單；indent 則多指委託其他公司代辦採買的委託訂單」。在 *LDBE* 中也說 'an order from an importer to a shipper or commission agent'（進口商向裝運人或代理商所下的訂單），顯示同樣為間接性的訂單。在該字典後面同時還註明 'any export order'，看來將 indent 用作商業上訂單的情形還蠻普遍的；*AHD* 甚至在 indent 項後頭加記了 *Chiefly British* 的字眼，表示主要為英國的用法。

所以結論就是，沒有以 indent 取代 order 的積極理由，凡是要用到「訂單」這個字時，只須悉數使用 order 即可。附帶一提，在筆者調查的大約 900 封商業書信中，只有 1 件使用 indent 的例子。

至於在作「命令、指示」意味解釋時，可以找到的類義字有 command, instructions 等。其中 command 的姿態過高，在商務中根本不予考慮；instructions 則有時會用在對我方（或第三者）下達「指示」的情況中。

→詳細說明請參閱 instructions 項。

3. 接續

(1) 作「訂單」解釋時

a) 與動詞的接續

　　We acknowledge with thanks your order No. 110 of July 20.（謝謝你七月二十日的第 110 號訂單，我們接收了。）
——不過，一般認為此時用 Thank you for your order... 的

說法較理想。

*Unless we get the goods by the end of this month, **the order** will be **canceled** and placed elsewhere.*（除非我們能在這個月底收到貨物，否則本訂單將行取消，改向其他公司下單。）

*They have not had any experience to **cope with** such a large **order** for delivery within such a short period.*（該公司沒有在這麼短的出貨期間內，處理這樣大數量的訂單的經驗。）── cope with 多用於否定的情況中。

*We have **filled your order** No.100 which is now aboard the Kenkyu Maru.*（我們已履行貴公司第 100 號訂單，目前正裝載於研究號上。）

fill an order 與 fulfill an order 及 execute an order 等，大致同義。

*If you could improve your payment terms, we may be able to **give** you **an order**.*（如果你能改善付款的條件，我們也許能夠下張訂單。）

*Your future **orders** will be **handled** with much greater care.*（我們會更審慎地處理貴公司今後的訂單。）

*We are **holding your order aside** to rush shipment as soon as we receive your payment.*（目前我們保留你的訂貨，以便一收到貨款即可馬上出貨。）

*As soon as we receive your payment, we will **mail your order** directly to you.*（俟一收到你的貨款，我們會直接將訂貨郵寄給您。）

*We **mailed our order** yesterday.*（我們在昨天寄出訂單。）

*We will welcome any **orders made** by a cash payment.*（我們歡迎任何以現金支付的訂單。）

*Your future **orders** will be **packed** with much greater care.*（今後在貴方的訂貨包裝上，我們會更加小心。）

*We would like to **pay for the order** as usual.*（這次的訂貨我們希望循往例支付。）

*We intend to **place** a substantial **order** with you in the next few weeks.*（我們打算在接下來的幾週內下張大數量的訂單。）——這是最常見的用法。

*Thank you for **sending** us **your order** No. 312 for our personal computers.*（感謝你對本公司的個人電腦所下的第 312 號訂單。）

*We will **send our order** soon.*（我們會迅速寄出訂單。）

*We will **ship your order** by the Kenkyu Maru leaving here on August 29.*（我們會將貴方訂購的貨物裝載於 8 月 29 日啟航的研究號上。）

*We do not wish to **split our order** with another supplier.*（我們不希望將訂單拆擲給其他供應商。）

*We can **supply orders** from our stock.*（我們可從庫存供應貴公司的訂單。）

b) 與形容詞、名詞的接續

first order（第一次訂單）

firm order（指定期限訂單、確定訂單）

future order（今後的訂單）

generous order（大數量的訂單）

initial order（第一次訂單）

large order（大數量的訂單)

last order（上次訂單）——有時會和「最後的訂單」搞混，所以最好是用 previous order。

next order（下次訂單）

purchase order（訂單）

substantial order（大數量的訂單）

order form（訂單表格）

order sheet（訂單）

Thank you for your order *No. 550, which is being sent to you today.*（謝謝你第 550 號訂單，我們會在今天將貨寄出。）

*We are certain **you will be pleased with your order**.*（我們確信你一定會對所訂的貨品感到滿意。）

*We assure you that **your order will receive our careful attention**.*（我們保證你的訂貨會受到細心處理。）

*This is their first **order with us**.*（這是他們對本公司的第一次訂單。）

*Shipment: Within two months of **receipt of order**.*（裝船：接到訂單後兩個月以內。）

*We would appreciate it if you would let us know how long it would take **from order to delivery**.*（如果你能告訴我們從下單到出貨需要多久的時間，我們會很感激。）

*We have received your confirmed and irrevocable letter of credit **covering the above order**.*（我們收到上述訂單的保兌不可撤消信用狀。）

此句中的 covering，可以如下個例句以 for 來取代。

*We have enclosed copies of the shipping documents **for your order** No. 211.*（茲附上貴方第 211 號訂單的貨運單證副本。）

此句中的 for，也可以和上句一樣以 covering 替代。

(2) 作「秩序」解釋時

除了「 1.語意」項中所舉的例句外，還有以下用法。

We enclose two copies of our sales contract, which we

*trust you will find **in order**.*（茲附上兩份本公司的銷售契約，我們相信條約內容合宜合理。）

(3)　作「順序」解釋時

用法同上述「1.語意」項所舉例句。**in this order**（依這個順序），注意需使用介系詞 in。

(4)　作「指示，命令」解釋時

除了「1.語意」項中所舉出的例句之外，還有以下用法。

*This proxy is solicited **by order of** the Board of Directors.*（本委託書是根據董事會的指示提出。）

shipping order（裝貨單）
delivery order（提貨單）

4.　片語

除了前文的 by order of ～（根據～的命令）之外，還有以下的例子。

under the orders of ～（依據～的命令）
in order to ～（為了～〔目的〕）
made to order（照訂單製作）

動　(1)下訂單；(2)命令

1.　語意

用作「下訂單」含意解釋時，基本上用法沒什麼大問題，唯一要注意的是，使用的頻率（order 作動詞用時）不太高（參閱名詞的「2.頻率」項）。

用 order 表示「命令」的例子在商務中，原則上為零，即使在向第三者轉述「上司對部下下命令」時，除非事態嚴

重，否則通常也會改用較柔和的字眼。

例如在員工發生嚴重失職事件，遭到公司正式發表解雇聲明時，才有可能這麼說：

*We **ordered** him to resign from the company.*

2. 頻率

前面提到過 order 作動詞用的頻率不太高，在筆者調查了近 900 封商業書信中，order 共出現過 101 次，其中作動詞的例子只不過 5 例而已，而且那 5 個例子還全部都是作「下訂單」的意思。

3. 類義字

表示「下訂單」含意的字還有 indent，詳細的說明請參閱名詞項的「2.類義字」。

與「命令、指示」釋義相仿的類義字，可以舉出的有command, instruct 等，但 command 一般說來姿態太高，不適合使用在商務中；instruct 則比 order 來得柔和，當「指示」的受詞為第三者的情況下，可以使用。

→詳細說明請參閱 instruct 項。

4. 語法

以下的錯誤經常發生，請特別注意。

（×）We have ordered 100 typewriters **to** the ABC Company.

這是想表達「我們向 ABC 公司訂了 100 台打字機」的意思，但黑體字的 to，必須改成 from。

（○）We have ordered 100 typewriters **from** the ABC Company.

(×) We were ordered the goods by the ABC Company.

　上句的錯誤是誤把 order 當成可接雙重受詞的授與動詞看待，但是除非 (×) The ABC Company ordered us the goods. 可以成立（事實上不可以），上述的被動語態例句才會是正確的。如前所述，正確的用法應該是 (○) The ABC Company ordered the goods from us. 這裡的 us 不是 order 的受詞，而是介系詞 from 的受詞，所以不能當成主詞作被動句。正確用法如下：

　(○) The ABC Company ordered the goods from us.

　(×) We received an order for the goods from the ABC Company.

　(○) The goods were ordered from us by the ABC Company.

　當然，上述 3 個例句意思並非完全一樣，使用時必須視情況不同而有所區別。

–P–

pamphlet ⚠危險

名 小冊子，文宣品

　　這個字的語感和商業用的印刷品有些差異，所以在商務上不太常使用，通常是以 brochure 替代，在筆者的調查中，英美的商業文獻裡甚至完全找不到這個字的蹤跡。
→詳細說明請參閱 brochure 項。

personnel

名 ⑴ (組織的) 職員，人員；⑵人事部

1. 語意

　　staff 是指輔佐上司的「一群部屬」；personnel 則少了些長官與部屬之類的上下關係的語感，意指構成某組織的全體成員，與 people 大約同義，但是在表達組織成員的含意上，還是用 personnel 較恰當，因為 people 只有「一般人」的語感而已。

　　另外，personnel 還可以表達組織「人事部」的含意。不僅如此，也可以像形容詞一樣，修飾之後的名詞。例如 personnel department（人事部）或者 personnel administration（人事管理）等等。

2. 可數不可數

　　此字為集合名詞，所以類似像 (×) **a** personnel 表示 1 人，(×) **five** personnel(s) 表示 5 個人一般，與具體數字接

續的用法並不正確；對應的動詞原則上單複數皆可，與 staff 的情況一樣，如果認為是一個有組織的單位時，動詞用單數，當認為是許多個人的集合時，則用複數動詞。

3. 發音

重音在最後面 [ˌpɝsnˈɛl]，如果將重音放在第一音節，可能會誤聽成 personal [ˈpɝsnl]。

4. 例句

*Unfortunately, we are not recruiting for **personnel** in the sales area now.*（很不巧，我們目前沒有在招募業務方面的人員。）

*Our import **personnel have** found that one unit was severely damaged.*（我們的進口部人員發現有一處機件受到嚴重毀損。）

*Owing to a severe decline in our sales, we are now faced with the extremely unpleasant task of having to lay off indefinitely **some of our personnel**.*（由於營業額大幅縮減，我們正面臨必須將部分員工予以無限期臨時解雇的極不愉快課題。）

*Your letter has been forwarded to the **personnel department**.*（你的來信已轉送至人事部了。）

*Our **technical personnel** are now working on the project.*（本公司的技術人員目前正在進行那項企畫。）

please ⚠️

副	請

please 的客氣度

加上 please 語氣一定會變得較客氣？這種想法是危險的！根據英國文化協會的 Tom Hinton 氏在《時事英語研究》1986 年 11 月號中，有以下的敘述。

Please is really a two-faced word. A word that changes its character in different situations. When it is used to REPLY to some kind of offer, it simply shows politeness. But it is only polite in this context. When you are ASKING someone for a favour, it has to be used with great care, or better still, it should not be used at all. There are plenty of other ways to show politeness.（please 事實上是個雙面特性的詞語，會因狀況而改變。當它用於回應某種提議時，單純作禮貌用法，但也僅限於這樣的文句中如此。如果用於請求某人幫忙時，則必須慎重運用，甚至最好根本不該使用，其他還有許多方法可以表達客氣。）

<please 的雙面性>

關於 please 的雙面性，如果作兩極化畫分，就是「客氣」與「懇求」。確實，加上 please 具有增加客氣度的效果，這也是為何在英美等地教養孩子時，會教育他們加上 please 一字的原因。

Pass me the salt.→Pass me the salt, please.

但是，這只適用於對方沒有（或者幾乎沒有）選擇不做的權利的情況下。

'Please advise us immediately when our order is dispatched.' (Ito et al., *Overseas Business and Communication*, Eichosha)。出貨後馬上發出裝貨通知，這是賣方的義務，特別是 FOB 的條件下，買方必須要取得貨單才能付加保險，在這種情況下，如果採用 We would appreciate it if you would advise us... 的說法，語氣會顯得過於軟弱。但是，不顧對方也有選擇的餘地，而採用這種表達方式 (please)「懇求」時，一方面除了給人強人所難的印象之外，還有我方擺低姿態的連想。

從雙方權力高低來看，當強勢一方欲表達輕微拜託之意時，原則上採用 please 是恰當的；但是當站在弱勢立場的人有事相請的時候，用此字則可能會招致對方的反感，因此此時應該採用更謹慎的說法才對。

please 句與條件子句

像 'Please call me *if you have any questions concerning these products or your account*.' (Buschini/Reynolds, *Communicating in Business*, Houghton Mifflin) 之類含條件子句的句子，有不少都是 Please 開頭的句子，這點在筆者所作的訴請回函調查中，也可以得到證實。（在所有調查的訴請回函中，有條件子句的佔了 25%；Please... 句中出現條件子句的比例則達 50%。）

其理由有以下兩點：一、加上條件句可以緩和「強迫」的語感；二、條件子句有使句子加長複雜的效果，主要子句因此便可以盡量簡潔。

promptly

副　迅速地，即刻

　　商務中要表示「很快地（出貨／寄出…）」含意時，這個字被使用的頻率是最高的，第二位才是 immediately。immediately 意指「立刻」，亦即「（現在）馬上」之意，相對之下，promptly 語氣則較柔和。We would appreciate an **immediately** reply from you. 這句話由於口吻給人感覺非常強硬，除了特別的情況之外，一般不用，因此遠不如 We would appreciate a **promptly** reply from you. 來得常見。當然，這是因為與 immediately 作比較，若是 as soon as possible 之類的語詞，則語氣又會比 promptly 來得和緩一些了。

→詳細說明請參閱 immediately 項。

–R–

request

動 要求，請求，拜託

1.　語意

　　乍看「要求」這個釋義，感覺有些嚴厲。（但是，若主詞為對方或第三者時，如「貴公司」〔或該公司〕所要求的……之類的表達方式，嚴苛的語感則顯得較不突兀。）

　　根據《ANCHOR 英和辭典》（學習研究社）的解說：「（此字為）較 ask 為更正式的詞語，有客氣地拜託的語感」。亦即，相較於 demand 的命令式語氣，request 的要求帶有「請託」的味道在內。但是若要拜託對方關照時，用第二句的請求說法會更合適。

　　We request you to order the goods soon.

　　　　　　　↓

　　We would appreciate receiving your order soon.

2.　語法

　　這個動詞可作以下數種句型使用。

(1)　request + 受詞

　　*Please do not hesitate to **request any further information** about them.*（如需有關該公司的更詳盡資料，請儘管提出。）

　　*Thank you for your letter of April 20 **requesting information** about them.*

(2)　request + that 子句

*We **request that** you remit the amount immediately.*（請立刻寄來帳款。）

*We kindly **request that** offerings and flowers be sent to the company.*（請將禮物及鮮花送至公司。）

請留意上面例句中，在接續表達委託、要求、提議、命令等意思的主要子句之後，從屬子句中使用的是假設現在式。原則上雖然可以使用「should ＋ 原形動詞」的句型，但在筆者的調查中，這個例子很少見到，可以說這個句型現在在英美已經趨向不用。在英國的趨勢是用單純現在式 (*CGEL* [16.32])。

→請參閱 suggest 項。

⑶　　request ＋ 受詞 ＋ to 不定詞

*We **request you to send** us a copy of your word processor catalog.*（請寄給我們一份貴公司的文字處理器型錄。）

這種句型在筆者做的商業書信調查中找不到，但倒是找到不少「ask ＋ 受詞 ＋ to 不定詞」的句型，原因或許是因為後者語氣較為柔和吧。

⑷　　片語 (as requested; as you requested)

***As requested**, we are pleased to send you our latest catalog.*（茲應所請，我們很樂意送上本公司最新型錄。）

*Your expressions of sympathy were, **as you requested**, passed on to his family.*（承你所託，我們已將你的弔唁傳達給他的家人。）

→請參閱 ask, require 項。

名　要求，請求，拜託

1.　語意，頻率

表示謙和有禮的「要求」之意，可安心使用。在筆者的頻率調查中，作名詞使用的例子非常多，請參考以下接續項中的例句。

2.　接續

We are pleased to inform you that your **request has been approved**.

Perhaps we can **consider your request** *when your circumstances change.*（或許在貴方情況改變時，我們會考慮你的要求。）

We regret we are unable to **comply with your request**.

After careful review we regret to inform you that we cannot **grant your request**.（經過慎重的檢討，很遺憾我們無法答應貴公司的要求。）

Your request will be honored *promptly.*（我們會迅速對貴公司的要求予以承諾。）

We would like to **reconsider your request**.

Your prompt **attention to this request** *would enable us to better understand your product.*

We appreciate your **consideration of our request**.

We would be very grateful for a prompt and favorable **reply to this request**.

In accordance with your request, *we are enclosing our latest brochure.*（茲應所請，附上本公司最新的簡介。）

In line with your request, *we have enclosed our word processor catalog.*（茲應所請，附上本公司的文字處理器

型錄。）

In response to your request, *we would like to revise our terms and conditions as follows:*（茲應所請，我們願意將〔交易〕條件修改如下：）

*Thank you for your recent **request for** monthly settlements.*（感謝你最近提出的當月結算的要求。）

*Thank you for your recent **request to open** a charge account.*（承你最近要求開設賒購帳戶，感謝你。）

require ⚠️

動 ⑴需要；⑵(有權) 要求，命令

1. 語意，句型

這個字的意思會依句型有所改變，在此特將句型分類如下，一一解釋其語意。

⑴ require＋受詞

⑵ require＋受詞＋to 不定詞

⑶ require＋that 子句

⑷ 片語 (as required)

其他還有 require+ing 的句型，但在筆者調查的商業書信中還不曾發現。

⑴ require＋受詞

作這個句型時，除了少數的例外，幾乎可等同視為 need（需要）使用，因此可以與 need 互換。惟，相較於 need 為較 informal 的一般用語，require 則是較 formal 的正式用語。

require 意指從法律面，或規則、四周的狀況等客觀情勢考量後，無論如何都必須為之的必需性；相較之下，need

的必需性則較不嚴謹。或許這是因為 require 內含著 need 加上 request 的特性吧。例如，下句中的 require，就有著強烈的 request（要求）含意，所以無法以 need 來代換。

*We will not restrict the agent by **requiring** sole agency.*（我們不會以要求成為總代理一事來限制代理商。）

a) 和 need 幾乎 interchangeable 的例子

*If additional references are **required**, we will supply them on request.*（如需更多的介紹人，我們會應他們要求給予提供。）

*Please contact us again if there is any further information you **require**.*

b) 不宜與 need 代換的例子（必需性強）

*All documents issued from this bank **require** one signature only.*（本行發行的所有單證，只需一個簽名即可。）

*Our Los Angeles plant produces the components you **require**.*（本公司在洛杉磯的工廠生產有你所需要的零件。）

⑵　require＋受詞＋to 不定詞

在這個句型中的 require 含有強烈的 request 意味，因此當代換成 need 時會顯得不自然。

（△）We **need** the goods to be shipped soon.（一般常見的用法是 We need the goods shipped soon.）

不過，此時的 require 由於還是有 need 的意味，因此在「必需性 (necessity)」的程度上比 request 來得高。

*The contract **requires us to ship** the goods by April 10.*（契約中要求我們在 4 月 10 日以前出貨。）

*We are **required to pay the above amount** by the end of this month.*（我們被要求在這個月底前支付上述金額。）

⑶　　require＋that 子句

　　語意大致與⑵「require＋受詞＋to 不定詞」相同。試比較下列三個例子語感上的差異。

　　① We **require you to pay** the amount by the end of this month.

　　② We **require that** you pay the amount by the end of this month.

　　③ We **require that** the amount be paid by the end of this month.

　　①有直接命令對方的感覺，無法給對方良好印象。②也是一樣，但感覺較①來得柔和。③是不將要求的對象（人）明文說出，改以事物 the amount 當成主詞，這一來語氣便較前面兩個例子來得柔和。

　　另外在 that 子句中，如前面提到的，一般是用假設語氣現在式（動詞的原形），但在英國也有使用現在式的例子；至於 should則漸有不使用的傾向。

→請參閱 ask, suggest 項。

⑷　　片語 (as required)

　　語意大約與 as requested 同。

　　As required, we are pleased to enclose our latest catalog.

　　從上面的說明，我們可以得到以下的結論──

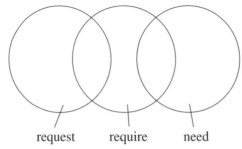

request require need

require 含有 request 與 need 的雙重意涵，其中沒有重疊到的部分，就是造成它語感較 formal，語氣帶有嚴厲的地方，因此一般不建議使用，即使要用也一定要特別慎重。

2. 其他的類義字

除了上面提到的 need, request 之外，諸如作「請求，拜託」含意用的 ask; 作「要求」意思解釋的 demand 等，也都是類義字。它們之間的差異如下：

ask──意思是「請託」，為柔和的表現用法，較 request 更 informal。

request──與 ask 兩者同樣都是語感和緩的請託，但較 ask 來得 formal。

demand──強硬要求。

→請參閱 ask, request, demand 項。

—s—

soon

副 不久，很快地

這個詞語的類義字有：

at an early date, before long, early, in the near future,
shortly

試舉兩個例句：

*We hope to hear from you **soon**.*

*There will be a package of books **soon** at the hospital.*

——問候的信件，緊迫程度為中級。

→詳細說明請參閱 immediately 項。

staff

名 職員，人員

1. 語意

在經營學的專門用語中，你可以在與 line 相對的詞語中
找到 staff。在此容我借用一下《經營學辭典》（東洋經濟新
報社）中的說明。

「line、staff 的概念原就與權限關係有關。line 的語感
中，含有上對下的一貫性命令系統的背景；staff 則偏重在
對該命令系統提供輔佐的機能上。但是，通常在商業書信
中，區分並不是如此嚴格，舉凡廣義的「職員、人員」都可
以使用 staff，其中也有不少情形是解釋作與「上司」相對
的「部下」之意。這樣的例子很多。

I thoroughly enjoyed meeting you and everyone on your staff.（非常高興與你及你的每一位部屬見面。）

不過有時視情況，不見得一定是指上下關係，而是作表示全體職員（包含主管）之意。

We will distribute your message among all the staff here at the ABC Company.（我們會將貴方的訊息傳達給每一位 ABC 公司的員工。）

2. 類義字

如「1.語意」中所敘述的，staff 為表達上下關係的詞語；相對之下，personnel 則傾向表示組織全體中的「人」(persons)。所以，**personnel** detartment（人事部）、**personnel** administration（人事管理）等語中，用的是 personnel 而非 staff。

employee 是相對於 employer（雇主）的「雇員」。

總之，staff 與 personnel 及 employee 都是在表達「職員、員工」的語意，但上文所述的些微差異，必須留意。

3. 可數不可數

在筆者手邊的字典裡，關於這個字的說明，幾乎全都寫著：「集合名詞；單複數同形」。至於什麼情況下是單數，什麼時候又是複數，則沒有多作說明。然而在實際書寫文章時，這可是一項重要的參考依據！首先，這是一個加不加 -s 的問題——表達隸屬同一組織的職員時，即使成員為複數，也不加 -s，直接作 staff；但指的若是不同的組織（即複數組織）的職員時則須加 -s，為 staffs。茲利用下列的圖示來加以說明：

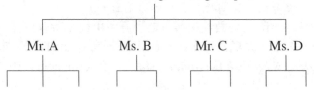

Mr. Hammond (Mgr. of Eng. Dept.)

Mr. A   Ms. B   Mr. C   Ms. D

Mr. E Mr. F Ms. G Ms. H Mr. I   Mr. J   Ms. K Ms. L Mr. M

Mr. A, Ms. B, Mr. C and Ms. D are Mr. Hammond's staff.

Mr. A is one of Mr. Hammond's staff.

Mr. E, Mr. F and Ms. G are Mr. A's staff.

Mr. E is one of Mr. A's staff.

Mr. E, Mr. F, Ms. G, Ms. H, ...are Mr. Hammond's staffs.

Mr. E is one of Mr. Hammond's staffs.

另外，（×）Mr.A is a staff of Mr. Hammond. 是錯誤的用法，正確應該是如同上上例，說成：（○）Mr. A is one of Mr. Hammond's staff.

同樣地，當組織單位為個別公司而非部門時，採取以下分別接續單數或複數的說法，亦理所當然。

the staff of the ABC Company

the staffs of the ABC Company, DEF Company and GHI Company.

其次，關於 staff 應該搭配單數亦或是複數動詞的問題，原則上是：當將眾多個人的集合視為一個單位時，用單數；將重點擺在各個成員身上時，用複數動詞。

*The administration staff **has** submitted an excellent suggestion to the management.*（管理部門的成員提出了一項極佳的建議案給經營階層。）

*Our staff **are** all looking forward to meeting you in May.*（本公司職員皆期待在 5 月與你見面。）

由於 staff 的可數性複雜，為了避免用錯，所以也經常改用一般的可數名詞 staff member，或者 staffer。根據 *Chambers English Dictionary*, staff 意指 permanent staff。

4. 語法

staff 是集合名詞，因此當用於指稱個人時，不可以說成 a staff。試舉幾個例子：

(×) He is a staff of Mr. Hammond.

(○) He is one of Mr. Hammond's staff.

(○) He is a member of Mr. Hammond's staff.

(○) He is on Mr. Hammond's staff.

(×) They are staff of Mr. Hammond.

(×) They are staffs of Mr. Hammond.

(○) They are on the staff of Mr. Hammond.

(○) They are on the staffs of Mr. Hammond.

→詳細說明請參閱「 3.可數不可數」項。

5. 例句

*Please let us know when you can come to Tokyo and what arrangements **our staff** can make in your behalf.*（請告訴我們你何時會來東京，以及我們的職員能代為作何種安排。）

All of my staff join me in expressing sincere wishes for your rapid and complete recovery.（我所有的下屬及我一同，衷心祝你早日康復。）

*Mr. Taguchi or **another member of our staff** will be happy to answer any questions you may have.*（田口先生

或是其他職員都會樂意回答你的任何問題。）

suggest

動 (1)提議；(2)暗示

1. 語意

(2)「暗示」的意涵為「似有若無地提示」，而(1)「提議」的意思則大約與 recommend 或 propose 相同，表達明示的建議之意，不過可能還是帶有一絲「暗示」的意味。根據筆者的調查，suggest 使用的頻率遠較 recommend, propose, advise 等來得高。

2. 類義字

如「1.語意」項中所述，recommend, propose, advise 等的用法類似。recommend、advise 及 suggest 是指建議他人（主要是對方）採取某種行動；相對地，propose 有時則是表達對自己的行動，如「我們想做～，您意下如何？」的時候使用。可以說，propose 在徵求對方意見這一點上，與其他類義字有些差異。

3. 語法

與 recommend 及 advise 相較，suggest 的句型少了許多。基本上有以下三種句型：

(1) suggest + 受詞（名詞）

*Would you please **suggest a suitable alternative** to the terms?*（能否請你提出那些條件的合適替代案？）

這種句型相當常見。

(2) suggest + -ing（動名詞）

這種句型沒有在筆者調查的約 900 封商業文書中看到。

-123-

(3)　　suggest + (that) 子句。

*We **suggest** you let us have your order as soon as you possibly can.*（我們建議你儘早下訂單。）

這是非常常見的句型，其中 (that) 子句的動詞時態，有以下三種類型。

①should + 動詞原形

*We **suggest** that **you should contact** directly the manufacturers of the product in which you are interested.*（我們建議你應該跟你感興趣的產品的製造商直接連絡。）

②動詞原形

*We **suggest** that **Mr. Akiyama let** us know when he is arriving in Tokyo.*（我們提議秋山先生告訴我們他何時到達東京。）

③動詞現在式

*We **suggest** that **Mr. Akiyama writes** to the ABC Company for the information.*（我們建議秋山先生寫信到 ABC 公司索取情報。）

一般認為①是美國式用法，②是英國式用法，但其實現在英國也常使用①的句型。③的用法正如 *CGEL* [16.32] 中所示：esp. BrE（特別是英國式用法）。雖可見於少數的英國文獻中，但仍屬少見的用法。

survey

動　　(1)調查；(2)鑑定，勘察

(1)與(2)的意思有相當的差異性，現各分別敘述如下。

I　　調查

1.　　語意

在商務上使用到這個語意時，幾乎都是作下述的用法。

'the work of collecting information about the people's tastes and opinions from a sample of the population in order to plan how to advertise, distribute and sell a product' (*LDBE*)（從抽樣的人口中蒐集有關人們嗜好及意見的資訊，作為如何規劃產品的宣傳、流通及販售之用）

換言之，即「市場調查」之意。市調一般是作 market research，但 market survey 也很常用。

2.　接續
(1)　與名詞的接續
　　*Please send me details of your **attitude surveys**.*（請寄給我貴公司所作的態度調查的細節。）

　　*We are looking forward to hearing the results of your **market survey**.*（期待得知貴公司市調的結果。）

(2)　與動詞的接續
　　*I would be interested to learn just how you **carry out these surveys**.*（我對貴公司如何進行這些調查極感興趣。）

　　*I would like to know roughly how much these **surveys cost**.*（我想大致了解一下這些調查的費用。）

Ⅱ　鑑定，勘察
1.　語意
'a close examination and detailed report on the condition of a particular thing such as a ship, plane, cargo, mine, factory' (*LDBE*)（對船舶、飛機、貨物、礦山、工廠等特定物狀態所作的周詳調查及詳細報告。）

在貿易上當貨物受損，欲「鑑定」其受損程度時，多會用到這個字。

2. 例句

*We have enclosed **the survey report** issued by the Japan Marine Surveyors & Sworn Measurer's Association.*（茲附上日本海事檢定協會發行的鑑定報告書。）

〔注〕名詞 survey 通常將重音置於第一音節，發音為 ['sɝ·ve]，但也有人發成 [sɚˈve]，重音置於後面；至於動詞則絕大數將重音放在後面，但也有少數人置於第一音節。

→類義字請參閱 check 項。

動 (1)調查；(2)鑑定，勘察

這個字作動詞用的情形非常少見，在筆者的調查中，表達(1)「調查」含意的語句，也只有以下這個例子而已。

*The ABC Company is now considering extending their activities to your area and asked us to **survey** the market there.*（ABC 公司現正考慮將商業活動拓展至貴地區，並委託本公司調查當地市場。）

至於(2)「鑑定、勘察」的動詞用例則更少了，一般多作名詞形，如同在名詞一項中所舉的用例。

→發音請參閱上述名詞項。

surveyor

名 鑑定人

廣義指「調查・勘察事物狀態的人」，但在貿易上主要作「貨物損壞的鑑定人」之意。在浜谷源藏監修的《貿易實務辭典》（同文館）中，定義如下：

「當裝運貨物發生損壞時，接受關係人的委託，專門進行損壞程度的檢查及原　鑑定工作的人。」

以下試舉數例。

*We have asked **an independent surveyor** to find the reason for the explosion.*（我們己經請求中立的鑑定人調查爆炸發生的原因。）

*Inspection by Nippon Kaiji Kentei Kyokai (NKKK), **an independent surveyor**, shall be final.*（中立鑑定人日本海事檢定協會的調查將為最終的結果。）

*Enclosed is a copy of **the surveyor's report** on the explosion at the factory.*（茲附上一份關於該工場爆炸的鑑定報告。）

trouble

動	(1)困擾，麻煩；(2)故障，問題

1.　語意

　這個字的語意相當廣汎，但在商務上幾乎都只作上述釋義使用。

2.　頻率

　在日常會話中常被用來表達「麻煩」之意，但在商務使用上，可能是顧慮到語感中些微的誇大效果，使用的頻率較低，取而代之多用 inconvenience 代替。

3.　類義字

　同樣表達「困擾、麻煩」意思的 inconvenience，如「2. 頻率」項中所述，使用的頻率比 trouble 高多了。
→詳細說明請參閱 inconvenience 項。

　作「故障、問題」含意時，由於多與工業、技術的領域相關，所以一般建議使用 failure，malfunction，problem 之類較特定化的專門用語比較適當。

4.　可數不可數

　根據 *LDCE* 的解釋，當作「麻煩、困擾」意思用時，作 [U]。也就是說，不可以使用複數形 (troubles)。不過，當所表示的語意為「故障、問題」時，則可以作可數名詞。

5.　接續

(1)　take the trouble + (to 不定詞)

*Thank you very much for **taking** the time and **trouble** to return it to us.*（煩勞你費時將物品送回，感激不盡。）

*We are all grateful for the time and **trouble** you **took**.*（我們全體感激你所花費的時間及心力。）

(2)　have trouble

*We have **had trouble** tracing the sale.*（我們費了一番工夫追查銷售管道。）

(3)　trouble lies in...

*We have found that **the trouble lies in** the assembly line.*（我們發現問題出在裝配線上。）

(4)　其他

*By taking care of this matter now, you will save yourself the **trouble** of checking it again.*（現在就處理這件事情的話，你將可以省去再檢查一次的麻煩。）

—W—

wait for ⚠危險

動 等待～

We **wait for** your immediate reply. 是句現實生活中常見的句子，但其實不太合宜。理由有以下幾點：

(1)　強調「等待」的行為

在 *LDCE* 中，有以下的說明：'perhaps staying still and doing nothing else but *wait*'。簡單地說就是：「不作其他任何事，只是等待」的意思。在現實的商務中，什麼也不做而等上數日的行為，是無法成事的。一開頭的例句說話者應該是想說明「期待」的心理狀態，因此並不適合使用 wait for ～。

同樣在 *IDCE* 中，還有這樣的說明 'Waiting is a sort of activity, *expecting* is a state of mind.' 說得真是精妙。

(2)　口語意味濃厚，且多用於等待具體的事物。

在《GENIUS》的 await 項中是這麼說的：「本用語較 wait for 正式；多用於等待抽象事物的情況」。開頭的例句應該是用於書信結尾處的文章用語，所以 wait for ～顯然不適當。另外，期待的受詞 reply 雖然也有可能是指書信（或者電報等）之類具體的事物，但與其說重點是放在通信物上，倒不如說是在書信的內容上，就這點來說，wait for ～也不太適合。

先前的例句可以考慮換掉 wait for ～，以下列的方式表現。

We await your reply.

We hope to receive your reply.

但是，如果想表達期待佳音的語感，此時採用 We **look forward** to your reply. 的說法效果較好。不過，這種表達我方積極態度的說法，如果是用在對方不見得一定要回信的情況下，可能無形中會帶給對方壓力。這時不妨考慮使用 We hope to receive... 的說法，緩和一下催促的語感。

want ⚠

| 動 | 要～，欲～ |

1. 語法

在商務上，通常採用以下三種句型：

(1) want＋to 不定詞

*I **want to** wish you and your firm all the best.*（我要祝你及貴公司一切順利。）

(2) want＋受詞＋to 不定詞

*I **want you to** know that we are definitely interested in doing business with you.*

(3) want＋受詞

*If you **want** this information, please let us know by July 5.*

2. 語感

簡單來說，want 是口語用詞，而且是不甚高級的用語，所以應該儘量避免為宜。詳細說明將留在 would like 項中作介紹。上述的(1)～(3)例句，可以代換成以下①～③的說法：

① *I **would like to** wish you and your firm all the best.*

或是

-132-

*I **wish** you and your firm all the best.*

② *I **would like you to** know that we are definitely interested in doing business with you.*

③ *If you **require** this information, please let us know by July 5.*

→詳細說明請參閱 would like 項。

名　⑴不足，缺乏；⑵必要；⑶(物質的) 欲望

　　want 作釋義⑴用的例子，在商務中可說少之又少，取而代之的多是 shortage、lack 之類較不會引起誤解的字。

　　⑵的釋義在商務上也幾乎不用，原因應該是其他的類義字，諸如 need、requirement 等語意既具事務性又明確；相較之下，一般用語的 want，就易給人說話者私人「想要…」的心情，帶有隨便、不嚴謹的印象。附帶一提，這種表露私人心情的程度，可依強弱順序排列如下：

　　want, need, requirement

→請參閱 requirement 項。

　　⑶的釋義在 *IDBE* 中是一項經濟學用語，定義為 'a desire for a commodity or service to satisfy a human need or wish'（一種對於必需品或服務的欲求，以滿足人類的需要或是想望。）但是在一般的商業書信中，幾乎不作這麼用。

　　所以筆者的結論是，無論作動詞、或作名詞用，在商業上最好是避免使用 want，改以事務性的用語代替為佳。

W wish

動 (1)希望;(2)想要,但願;(3)祝,祈願

以下將分別依釋義順序,以語法為主作進一步解說。

(1) 作「希望」解釋時

作這個含意用時,可以使用以下句型。

「wish + to 不定詞」

I wish to thank you for enriching my business life. (我希望向你豐富了我的工作生涯致謝。)

這種用法與 I would like to… 幾乎相同,可以給人很好的印象。

(2) 作「想要,但願(對方或第三者做~)」解釋時

此時有下列句型可以採用:

「wish + you (him, them, etc.) + to 不定詞」

We wish you to visit us tomorrow.

這個句型為命令句,雖然較 We want you to... 來得柔和,但由於給人感覺有如國王在對臣子說話一般,使用時難免有欠得體,因此一般建議使用 We **would like** you to... 的表達方式,較為適當。

(3) 作「祝,祈願」解釋時表達這個含意的句型如下。

「wish + 間接受詞 + 直接受詞」

*Let me **wish you and your company the best of luck** in the new project.* (祝你及貴公司的新企畫案順利。)

*May I take this opportunity to **wish you every success** with your fine new product line.* (讓我藉此機會,祝福貴公司優異的新產品無往不利。)

這是 wish 在商務中最常見到的句型用法。

→請參閱 would like 項。

名 (1)願望，希望；(2)祝願，祝福 (語)

(1) 願望，希望

在商務上這個釋義不常用到。

(2) 祝願，祝福 (語)

商務上當 wish 以名詞形出現時，大多是作這個語意使用。試舉以下數例：

a) 與動詞的接續

*We **extend** our best **wishes** to you as a new member of our company.*（我們至誠祝你成為本公司的新進人員。）

*We would like to **offer** our congratulations and best **wishes** on this anniversary.*（值此周年紀念日，獻上我們的祝賀及至誠的祝福。）

*Everyone here at the ABC Company **sends** their best **wishes** for a quick and complete recovery.*（ABC 全體同仁致上衷心祝福，願你早日徹底康復。）

*Please **accept** our best **wishes** for your continued success.*（請接受我們對你今後成就的誠摯祝福。）

*You **have** our sincerest congratulations and best **wishes.***（獻上我們最誠摯的祝賀及祝福。）

〔注〕最後兩例是將視點置於對方的表現方式。

b) 不完全句

Best wishes for every success in the future.

其他在書信結尾的祝福語還有 Best wishes, 或是 Best regards,；在電報中有時也會只寫著 REGARDS，或者 BY BY。

would like

動　想～，擬～，希望

1.　類義字
類義字可舉出的有 want, wish, desire 等。但在商業書信中，以 would like 最常使用。

2.　語法，語感
用法上商務中廣汎運用的是下面這三種句型：
(1)　would like + to 不定詞
作這種句型時，與上述的 would like, want, wish, desire 等幾乎同義，使用方式也一樣。

*I **want** to express my sincere appreciation to you for the opportunity to introduce our products to your market.*（承你讓我們有機會將產品介紹到貴市場，我要表達衷心的感激。）

*I **wish** to express my gratitude for your skillful handling of our interests.*（我想感激你對本公司的利益所做的妥善處理。）

*If you **desire** to discuss any particular points, we suggest that you submit a brief outline of them.*（如果你有任何特別的議題想要討論，我們建議你提出概要。）

*We **would like** to express our heartfelt gratitude to all those who showed him kidness during his lifetime.*（我們

希望對那些在他生前善待他的人們表達我們由衷的謝意。).

筆者的結論是，以上三種句型中，使用 would like 是最不易出錯的。

want 是最 informal 的詞語，不甚適合作書信用語使用。根據 Evans & Evans 書中指出，want 為表達肉體欲望 (bodily want) 的字，就這點來說，的確是不適合作商務使用；另外在《英文商業書信》中，它的出現頻率也很低。可見除了對親近的對象表達一種 informal 的感覺之外，其他場合最好避免使用。

wish 大致來說是一個令人產生好感的語詞，但由於它也可用於假設句型中，所以不能算是事務性用語。一般在商務上，wish 最常被使用在表達下列「祝福」的用意時。

*We **wish** you continued success with your fine products.*
（祝福貴公司的優良產品繼續保持成功。）

desire 一般認為是非常 formal 的用語，所以按理說應該很適合用於商務中，但由於它又用作表達「性方面欲求」的含意解釋，所以在商務中也不太受到歡迎。

總之，一般在表達「想～」之意時，採用 would like to ～絕對是最恰當的。不過 would like to ～表達精神面「想～」的意味較濃，行動面「要做～」的語感較弱，所以如果想給對方肯定的答案時，採用下面的第二句的表達方式會來得較佳。

We **would like to** place our first order with you.
↓
We **are pleased to** place our first order with you.

(2)　would like + 受詞 + to 不定詞

would like, want, wish, desire 全部可以運用在這種句型中。

-137-

*We **wish** you to visit us tomorrow.*
*We **desire** you to visit us tomorrow.*
*We **want** you to visit us tomorrow.*
*We **would** like you to visit us tomorrow.*

不過，如果僅就《英文商業書信》為例，這種句型倒是完全找不到有用 wish 及 desire 的例子，顯然雖然在文法上是正確的，卻不表示一般也如此使用。want 的例子則意外地有不少，但在這種句型中使用 want 會變成一種命令式語氣，當用於對長官或上位者說話時，會是很危險的用法，這也是為什麼筆者會在 want 項中加註注意符號的原因所在。
→詳細說明請參閱 want 項。

話又說回來，其實 would like you to ～也有一點命令的意味，所以下列的文句最好能以更客氣的方式來表達。

We **would like you to** place an order with us soon.
↓

We **would appreciate your** placing an order with us soon.

⑶　would likes＋受詞

作這種句型時，通常不用 wish 及 desire。

(×) If you **wish** this information, please let us know.

(×) If you **desire** this information, please let us know.

(○) If you **want** this information, please let us know.

(○) If you **would like** this information, please let us know.

最後兩句在語法上雖屬可行，但如同前面一再複述的，want 不是很高級的用語，所以上述例句改用 need，甚至 require 會來得較為適當。

would like 像上述例句一樣用 you 作主詞的情形，其實不

-138-

普遍，通常主詞是用 we。

We would like permission to use your name as a reference.（我們想徵求許可可以貴方的名字作介紹人。）

We would like the document as soon as possible.

不過，最常見的還是使用 to 不定詞的句型，如下：

We would like to have your permission to use your name as a reference.

We would like to have the document as soon as possible.

⑷　would like＋受詞＋受詞補語

此句型不能用 desire。

*Do you **wish** your coffee black?*

*Do you **want** your coffee black?*

*Where **would** you **like** it delivered?*（你希望將它寄到何處呢？）

write

| 動 | 寫信 |

1.　語意

如定義所示，目前以 write 表示 write a letter 已成固定用法。

2.　語法

write 的句型，有以下數種：

⑴　write （作不及物動詞）

⑵　write＋受詞（人）

⑶　write＋to＋受詞（人）

⑷　write a letter (＋ to ＋ 受詞〔人〕)
　　write ＋ 間接受詞（人）＋ a letter

　⑵的用法像是 write us，將收信人置於 write 之後；⑶是如同 write to us 一般，在中間加入 to。兩者都經常使用，前者主要為美國式用法。

⑴　write（不及物動詞）

*Thank you for **writing**.*（謝謝你的來信。）

*Please **write** whenever you have suggestions to offer us.*
（如果你有任何建議，請隨時寫信給我們。）

⑵　write ＋ 受詞〜（人）

*Please telephone or **write us** as to what you would like done.*（請打電話或寫信告訴我們你想如何做。）

⑶　write ＋ to ＋ 受詞（人）

*We are **writing to you** concerning our order No. 135 to inquire why we have not received it.*（此次致函是想查詢為何我們第 135 號訂單中的訂貨至今尚未送達。）

⑷　write a letter (＋ to ＋ 受詞〔人〕)

如果只是單純表達 write a letter to him 的話，使用 write to him 或者 write him 便夠了，在此為何特地寫成 write a letter 呢，一定有特殊的理由，原因是有後續的詞句限定了 letter 的緣故。例如：

*It is seldom that a customer takes the time to **write a letter of appreciation**.*

另外，write 當然也有用於「寫信」以外的情況。

*We will **write a check** for $1,000.*（我們會開張一千元美金的支票。）

參　考　書　目

（〔　〕內為本書中所採用的簡稱）

※以下所列的日文參考書目中譯均採用直譯譯名，如有不便，敬請見諒。……編者按

1.一般辭典

The American Heritage Dictionary of the English Language, Houghton Miffin [*AHD*]

Chambers English Dictionary, Chambers

Cobuild English Language Dictionary, Collins [*Cobuild*]

Longman Dictionary of Contemporary English, Longman [*LDCE*]

The Oxford English Dictionary, Oxford University Press

The Oxford Reference Dictionary, Oxford University Press

The Random House College Dictionary, Random House

The Random House Dictionary of the English Language, Random House

Webster's Third New International Dictionary of the English Language, G. & C. Merriam [*Webster's Third New International Dictionary*]

The World Book Dictionary, World Book

《APPROACH英和辭典》研究社

《ANCHOR英和辭典》學習研究社

《現代英和辭典》研究社

《研究社新英和大辭典》研究社

《廣辭苑》岩波書店

《GENIUS英和辭典》大修館書店〔《GENIUS》〕

《實用新國語辭典》三省堂

《小學館英和中辭典》小學館

2.特殊辭典

A Business Dictionary, Prentice-Hall
Cassell's Dictionary of Abbreviations, Casselll
Everyman's Dictionary of Abbreviations, Dent
Longman Dictionary of Business English, Longman [*LDBE*]
Evans & Evans, *A Dictionary of Contemporary American Usage,* Random House [Evans & Evans]
Fowler, H. W., *A Dictionary of Modern English Usage,* Oxford University Press
Partrige, E., *Usage and Abusage,* Hamish Hamilton
Swan, M., *Practical English Usage,* Oxford University Press
《英和貿易產業辭典》研究社
《經營學辭典》東洋經濟新報社
《LONGMAN 英語正用法辭典》三省堂
浜谷源藏監修《貿易實務辭典》同文館
宮內‧Goriss 編譯《Scot Forssmann 英語類義語辭典》

3.其他參考書目

English Commercial Practice and Correspondence, Longmans
Buschini/Reynolds, *Communicating in Business,* Houghton Mifflin
Drummond, Gordon, *English for International Business,* George Harrap
Hofland & Johanson, *Word Frequencies in British and American English,* Longman

Ito et al., *Overseas Business and Communication,* Eichosha

King & Cree, *Modern English Business Letters,* Longmans

Mavor, W. F., *English for Business,* Pitman

Quirk et al., *A Comprehensive Grammar of the English Language,* Longman [*CGEL*]

Rosenthal & Rudman, *Business Letter Writing Made Simple,* Doubleday

《貿易索賠的研究（上）》通商產業調查會

《時事英語研究》1986 年 11 月號

石田貞夫《貿易通信的體系研究》白桃書房

齋藤祥男《實踐貿易實務》世界書院

中村弘《貿易業務論》東洋經濟新報社

長野格…等《商業英語 question box》大修館書店

羽田・島《貿易的英語》森北出版

浜谷源藏《貨物的損害與索賠》同文館

浜谷源藏《貿易實務》同文館

Matison, C. 等《應用自在的英文商業書信手冊》研究社
〔《英文商業書信》〕

索　引

〔粗體數字為該字詞條出現頁碼〕

上路前，別忘了

All about America –
美　國
日常語辭典

莊信正 主編
楊榮華

編譯者：
朱方涵・徐翔翔・楊晴紅

三民書局

美國日常語辭典

啊咧！

山姆大叔說的英文，怎麼字典裡頭
查不到？——試試查《美國日常語
辭典》看看。想去美國留學（遊學）
嗎？別忘了帶本《美國日常語辭典》
喔！

All about America

三民全球英漢辭典

迎接全球無疆界世紀的到來，你需要一本好的學習辭典。師大謝國平教授推薦，這是「一本符合英語學習者需要的辭典。」

三民全球英漢辭典
—— 您跨世紀的選擇。

San Min's
NEW GLOBAL
English-Chinese Dictionary

無師也可以自通

三民英語自學書系列

英文自然學習法一～三

釐清你對介系詞的懵懂概念

動態英語文法

教你如何理解文法而非死記

MAD茉莉的文法冒險

越挫越勇的人才能愈來愈進步

輕鬆高爾夫英語

學英語的人要讀,打高爾夫的人更要看

國家圖書館出版品預行編目資料

透析商業英語的語法與語感 / 長野格著；林山譯.——初版二刷.——臺北市；三民，民90
　　面；　公分
參考書目：面
含索引
ISBN 957-14-3027-7　（平裝）

1.英國語言—句法　　2.商業書信

805.169　　　　　　　　　　　　　88009667

網路書店位址　http://www.sanmin.com.tw

© 　透析商業英語的語法與語感

著作人　長野格
譯　者　林　山
發行人　劉振強
著作財　三民書局股份有限公司
產權人　臺北市復興北路三八六號
發行所　三民書局股份有限公司
　　　　地址 / 臺北市復興北路三八六號
　　　　電話 / 二五〇〇六〇〇
　　　　郵撥 / 〇〇〇九九九八——五號
印刷所　三民書局股份有限公司
門市部　復北店 / 臺北市復興北路三八六號
　　　　重南店 / 臺北市重慶南路一段六十一號
初版一刷　中華民國八十八年八月
初版二刷　中華民國九十年八月
編　號　S 80251
基本定價　參元貳角
行政院新聞局登記證局版臺業字第〇二〇〇號

ISBN　957-14-3027-7　（平裝）

林耀福等 主編 定價1500元

三民英漢大辭典

　　蒐羅字彙高達14萬字，片語數亦高達3萬6千。囊括各領域的新詞彙，為一部帶領您邁向廿一世紀的最佳工具書。

莊信正、楊榮華 主編 定價1000元

三民全球英漢辭典

　　全書詞條超過93,000項。釋義清晰明瞭，針對詞彙內涵作深入解析，是一本能有效提昇英語實力的好辭典。

三民廣解英漢辭典

謝國平 主編 定價1400元

　　收錄各種專門術語、時事用語達100,000字。例句豐富，並針對易錯文法、語法做深入淺出的解釋，是一部最符合英語學習者需求的辭典。

三民新英漢辭典

何萬順 主編 定價900元

　　收錄詞目增至67,500項。詳列原義、引申義，讓您確實掌握字義，加強活用能力。新增「搭配」欄，羅列慣用的詞語搭配用法，讓您輕鬆學習道地的英語。

三民新知英漢辭典

宋美璍、陳長房 主編
定價1000元

　　收錄中學、大專所需詞彙43,000字，總詞目多達60,000項。用來強調重要字彙多義性的「用法指引」，使讀者充份掌握主要用法及用例。是一本很生活、很實用的英漢辭典，讓您在生動、新穎的解說中快樂學習！

三民袖珍英漢辭典

謝國平、張寶燕 主編
定價280元

收錄詞條高達58,000字。從最新的專業術語、時事用詞到日常生活所需詞彙全數網羅。輕巧便利的口袋型設計，易於隨身攜帶。是一本專為需要經常查閱最新詞彙的您所設計的袖珍辭典。

三民簡明英漢辭典

宋美瑋、陳長房 主編
定價260元

收錄57,000字。口袋型設計，輕巧方便。常用字以＊特別標示，查閱更便捷。並附簡明英美地圖，是出國旅遊的良伴。

三民精解英漢辭典

何萬順 主編 定價500元

收錄詞條25,000字，以一般常用詞彙為主。以圖框針對句法結構、語法加以詳盡解說。全書雙色印刷，輔以豐富的漫畫式插圖，讓您在快樂的氣氛中學習。

謝國平 主編 定價350元

三民皇冠英漢辭典

明顯標示國中生必學的507個單字和最常犯的錯誤，說明詳盡，文字淺顯，是大學教授、中學老師一致肯定、推薦，最適合中學生和英語初學者使用的實用辭典！

莊信正、楊榮華 主編 定價580元

美國日常語辭典

自日常用品、飲食文化、文學、藝術、到常見俚語，本書廣泛收錄美國人生活各層面中經常使用的語彙，以求完整呈現美國真實面貌，讓您不只學好美語，更能進一步瞭解美國社會與文化。是一本能伴您暢遊美國的最佳工具書！

三民英漢辭典系列

San min English-Chinese Dictionary

三民英語學習系列